転校先の
清楚可憐な美少女が、
昔男子と思って一緒に遊んだ
幼馴染だった件
4
Hibariyu
雲雀湯
illust シソ

空は突き抜けるような青と白。
見渡す限り一面緑の田園風景。
四方を囲む山々からは、
葉擦れとセミの鳴き声。
都会の喧騒とは無縁の山里、
月野瀬。
霧島姫子
Himeko Kirishima
村尾沙紀
Saki Murao

二階堂春希
Haruki Nikaidou
霧島隼人
Hayato Kirishima

「今の隼人があるのは、沙紀ちゃんのおかげだから……」
あぁ、おそらくきっと。
彼女には沙紀の抱えている想いが
バレてしまっているのだろう。

清廉に舞う袖、厳かに運ばれる足、
合間に鳴らされる凛とした鈴の音。
そして、千変万化な沙紀の表情。

圧倒される。
呼吸すら忘れ、見入ってしまう。
その場に縫い付けられたかのように硬直し、
目が離せない。

Contents

プロローグ　003

第1話　011
心委ねる籠の中、
咲き誇るは

幕間　072
世界が広がる時

第2話　078
かつてと同じ、
想いが綻ぶ

幕間　130
――が欲しいよ

第3話　151
比翼の鳥、
連理の枝

幕間　238
絡みつく過去

第4話　252
見上げた月に
声もなく紅涙を絞る

エピローグ　301

あとがき　308

illustration by シソ　design by 百足屋ユウコ＋豊田知嘉（ムシカゴグラフィクス）

転校先の清楚可憐な美少女が、昔男子と思って一緒に遊んだ幼馴染だった件4

雲雀湯

角川スニーカー文庫

23130

プロローグ

雀蛤《はまぐり》となるある秋の放課後、その帰り道。

ひめこは瞳《ひとみ》に何も映さず、ぼんやりとあぜ道を歩いていた。

『あら、ひめこちゃん。お母さん無事でよかったわね！』

『でもしばらくはお兄ちゃんと2人だけでしょ？　何か困ったことがあったら言ってね』

『……』

畑から麓《ふもと》にある病院に運ばれた母を案じる言葉を掛けられるも、何ら心に響かない。

ひめこは曖昧《あいまい》に視線を逸《そ》らし、何事もなかったかのように歩みを再開する。その顔からは、感情が抜け落ちていた。

この小さな世界はいつだって唐突にひめこの大切なものを取り上げ、どこかへ隠す。

母も。そしてはるきも。

だから何も見ないことにした。これ以上嫌なことは何も聞きたくなくて、口にしたら他のものも奪われるような気がして、耳と口と共に心も閉ざす。何も求めなければ、傷付くこともないのだから。

ふと、空を見上げる。

四方の山で縁どられ、まるでぽっかりと大きく開いた穴が広がっており、綿雲がふらふらとあてもなく流され彷徨《さまよ》っていた。

雲に向かって手を伸ばす。

しかし何も摑《つか》めず、するりとひめこの手をすり抜けていく。

一体あの雲はどこへ行くのだろうか？

あの山を越えて、月野瀬《この小さな世界》ではないどこかへ行くのだろうか？

すると途端に、あの雲を追いかけて行けば別の世界に、母やはるきのいる場所へと連れて行ってくれるのではないだろうかと、思ってしまった。

ひめこはふらふらと誘われるように雲を、遠くを、空を見上げたままそぞろ歩く。

ひらひら、ふわふわ。

ゆっくり、ぼんやり。

『あ、あぶないよっ！』

『……？』

ふと、遠慮がちに腕を引かれた。

振り返れば見覚えのある、数少ない小学校での同い年の女の子。オロオロと困ったような顔で、まるで引き留めているかのよう。

どうしてこの子が、腕を摑んでいるのだろう？

わからない。ひめこはただ無言で彼女の手を剝《は》がし、そして再び雲を追いかける。

『あっ……まって、まってよぅ』

『………』

うろうろ、ぶらぶら。

のったり、ゆったり。

見慣れぬ橋を渡り、大きな川を横目に、知らない建物を越えていく。

雲はただ、すいすいと空を泳ぐ。

2人の幼い少女が地上を揺蕩《たゆた》いながら、雲を追いかける。

『……っ』

『だ、だいじょうぶっ⁉』

ふいに足を取られ、ひめこが転んだ。

擦りむいた膝《ひざ》がじくじくと痛む。

後ろを付いて来ていた女の子が慌てて助け起こしてくれるも、ひめこはただ自分を置き去りにして流れていく綿雲を眺めるのみ。

『ほ、ほらあそこ、バス停あるよぅ！　ベンチに座ろ？』

オロオロする女の子にベンチへと促されながら、山の向こうへと消えていく雲を、無力感と共に見送る。

『……』

『……っ』

ただただ、何をするでもなくその場で佇《たたず》み俯《うつむ》く。

いつの間にか太陽は西の空を朱《あか》く染め上げ、ひめこの顔に影を落とす。

その時、プァッとクラクションが鳴り響いた。少し遅れてプシューと扉の開く音。

顔を上げたひめこの目に飛び込んできたのは、怪訝《けげん》な表情をしたバスの運転手の顔。

『お嬢ちゃんたち、乗るのかい？』

バスがどこへ向かうかはわからない。

向かう先を見てみれば、雲の消えて行った方角。

ひめこは返事の代わりに、ふらふらと吸い寄せられるかのように立ち上がり——

『だめ～っ！』

『……っ!?』

そして強い制止の言葉と共に、ぎゅっと強く手を握りしめられた。

『……ふぅ、早くおうちに帰りなよ、お嬢ちゃんたち』

その様子を見ていた運転手は呆《あき》れたため息を1つ。扉を閉めて去っていく。

ひめこは困惑していた。

どうして、という気持ちが強い。

少しばかりの不服の色を滲《にじ》ませ振り返り、そして大きく目を見開いた。

『どっかいっちゃったら、さびしいよ！　かなしいよ！　おにいさんも、わたしもっ……う、うわぁあぁぁんっ！』

『………ぁ』

彼女の目尻《めじり》から零《こぼ》れる涙と震わせた言葉が、ひめこの胸を強く打つ。

いつも置いて行かれる側だった。

だから、残された者の辛《つら》さは、誰よりもわかっている。

声を上げ泣き叫ぶ姿が、かつての自分と重なっていく。

彼女の涙を誘い水として、ひめこの胸から蓋《ふた》をしていたはずの感情が、涙となって一気に溢《あふ》れかえる。

『うあぁあああぁあぁあぁぁぁぁあっ！』

『わぁあぁあぁあぁあああぁぁぁあっ！』

そして幼い少女は2人、手を繋《つな》いだまま流れるものが涸《か》れ果てるまで声を張り上げた。

西の山がすっかり茜色《あかねいろ》に染まった頃。

ひめこは女の子と手を繋ぎながら、村への道を戻っていた。

少し気まずそうな顔をしながらぽつりと呟《つぶや》く。

『……あの、あたしひめこ。きりしまひめこ』

『え……あ、わ、わたしはさき、むらおさき』

『さきちゃん、今日はありがと。それと、その、これからもよろしく……』

『っ！　え、えへへ～、うんっ！　よろしくね、ひめちゃん！』

2つの並んだ影法師が、愉快そうに揺れる。

すると彼女たちの前から軽トラがやってきた。運転席には源《げん》じいさん、荷台にはこちらに向かって大きく手を振る兄の姿。

『霧島《きりしま》の坊、霧島の嬢がいたぞ！』

『ひめこー、おーい、ひめこーっ！』

『……ぁ』

ひめこの身体がびくりと震える。ここ最近の自分の態度を思い返す。

話しかけられても返事も何もせず、ただ自分の殻に閉じこもっていた。

そんなひめこを心配して、兄はいつもより色々と世話を焼いていたではないか。

今日だって学校の帰り際、近所に分けてもらった野菜とキノコを使ってよくばりなハンバーグを作るんだって、必死に話しかけてくれていた。

ひめこの顔が不安でくしゃりと歪《ゆが》む。
それでも兄は心配そうな表情を浮かべ、荷台を飛び降り駆け寄ってくる。
『ひめこ、どこに行って……ってケガしてるじゃないか！　だいじょうぶか⁉』
ぎゅっとスカートの裾《すそ》を握りしめる。
まくし立てるように言葉を紡ぐ兄に、一体どんな顔をすればとオロオロしてしまう。
しかし隣のさきがにっこりと笑いかけ、そしてちょんと優しく背中を押した。
『……っ』
目の前には疲労の色が濃く映る兄の顔。
きっと姿を見せないひめこが、どこにいるのだろうと方々を捜し回ったのだろう。
その想いに対し、何か言わなくてはと必死に言葉を探す。
『……………………おにぃ』
いつものように最後までおにぃちゃんと呼べず、ただそれだけ絞り出す。
しかし、その言葉を聞いた兄はみるみるうちに相好を崩していく。
『おかえり！　帰ろう、ひめこ』
『……うん』
そして差し出された兄の手を取った。
がははと源じいさんが、くすくすとさきが笑う。

そして揶揄《からか》われたと思ったのか、耳まで真っ赤にした兄の背中を追いかける。
茜色に染まる空。
擦りむいた膝小僧《ひざこぞう》。
繋がれている手と手。
雲は絶えず移ろい流れていく。

この日。
とある秋の変わり目の空の下。
ひめことさきが親友になって、おにぃちゃんはおにぃになった。

第1話　心委ねる籠の中、咲き誇るは

空は突き抜けるような青と白。

見渡す限り一面緑の田園風景。

四方を囲む山々からは、葉擦れとセミの鳴き声。

そんな都会の喧騒《けんそう》とは無縁の山里、月野瀬《つきのせ》。

地肌が剝《む》き出しのあぜ道に、きゃいきゃいと会話の花が咲いていた。

「ん～、懐かしい！　空気もうまい！　それに何か涼しい！」

テンションのやたら高い春希《はるき》は両手を広げて駆け出して、そしてくるりとひと回り。

「ったく、はるちゃんてば……でもこっちは向こうより涼しいね、おにぃ」

「そうだな。それにちょっぴり俺も懐かしかったり」

「こっちはのんびりした空気だねー」

「あ、見て見て！　ザリガニだよ、ここの用水路にザリガニがいるよ！」

「春希……」「はるちゃん、なにやってんの……」

いつの間にやら田んぼの隣の用水路を覗《のぞ》き込み、興奮した様子の春希。

その様子に呆れつつも目を細める隼人《はやと》と姫子《ひめこ》。一緒に突《つつ》こうと棒切れを探している。

沙紀《さき》はそんなじゃれ合う3人を、1歩離れたところから眺めていた。

どこか小気味のいい、聞いているだけで楽しくなるようなやり取り。

きっと昔もこんな感じだったのだろう。

その輪の中に入りたいと思う一方で、自分がそこに交じると場を掻《か》き乱すのではと気後れしてしまう。かつてと同じ、見ているだけの状況。

はぁ、と自嘲《じちょう》気味のため息が零れる。するとその時、春希が顔を覗き込んできた。

「沙紀ちゃん、今日は巫女《みこ》服じゃないんだ？」

「えっ、あ……っ！」

そして強引にぐいっと背中を押して、輪の中へと入れる。

「そういや沙紀ちゃん珍しいね、トレードマークみたいなものなのに」

「こ、これはその、ひめちゃん家《ち》しばらく空いてたからお掃除のお手伝いを……」

「なるほど、さすがに巫女服だとねー」

「うん、ひめちゃん家《ち》に上がるのに、巫女服だと少し抵抗が」

「村尾《むらお》さん、そこまで気を遣って……あぁその、ありがとう」

「あ、じゃあボクも手伝うよ！　でも先に荷物は置いてきたいかなー」

そう言って春希はぽんぽんとボストンバッグを叩《たた》く。

一度輪の中へと飛び込んでみれば、まるでグルチャと同じようにすんなりと会話が弾んでいく。まるで今までずっとこうだったかのように。

不思議な感覚だった。今でも「そういやこっちはやたら軽トラを見かけるよね」といった話題で盛り上がっている。

やがて神社と霧島《きりしま》家へと分かれる道に差し掛かり、それじゃあ後でと手を上げ別れた。

神社までの道を春希と2人並んで歩く。

春希は久しぶりに見る月野瀬の風景が物珍しいのか、しきりに周囲をきょろきょろとしている。

改めて隣を歩く春希を見てみる。

自分と違う長くて艶《つや》のある黒髪。可憐《かれん》さを感じさせる小顔に、身を包む白のワンピースが、清楚《せいそ》な都会のお嬢様といった雰囲気を演出している。とても綺麗《きれい》な女の子だ。

しかも先ほど輪の中へ導いてくれたように、気さくで人好きのする性格。

つい自分と比べてしまい、ため息が零れそうになって――

「沙紀ちゃんさ、変に遠慮とかしないで、もっと我儘《わがまま》とか言った方がいいと思うよ」

「っ⁉」

「ほんの1歩踏み出すと、世界って変わることがあるから。ボクたちのグルチャもそうだったし、それにきっと隼人のことだって……」

そう言って春希は、にっこりと笑いかけてきた。

その瞳《ひとみ》はまるで心の中を見透かされているかのようで、頭がぐるぐると回る。

「……どうして」

沙紀が目を瞬かせながら、そんな言葉を零す。

春希はスッと村の中心部の方へと視線を移し、どこか懐かしむような声色で呟く。

「ボクもね、かつて手を強引に引かれたから……沙紀ちゃんが会いたいって言ってくれたから、今ここに、月野瀬にいるんだ」

「春希、さん……」

差し出された春希の手と顔を交互に見やる。躊躇《ためら》いは一瞬、すかさずその手を摑《つか》めば、沙紀にも笑顔が広がっていく。

「行こ？」

「はいっ！」

沙紀の弾んだ声が高い青空へと吸い込まれ、ザァッと風が駆け抜けて行く。

今年の夏はいつもと違う――その予感に胸を高鳴らせた。

◇◇◇

バス停のある県道から南の山の手へと歩くこと20分、月野瀬基準で比較的新しい家屋が霧島家である。

「ただいま……と言うにはなんか変な感じだな」

「うっ、むあーってするし埃《ほこり》っぽい」

「姫子、とりあえず全部の窓開けるぞ」

「はーい」

梅雨の時期を挟んで2ヶ月放置されていた家の中は、少し湿っぽくひんやりとした独特の空気が横たわっている。

隼人と姫子は荷物を玄関に置いたまま、閉め切られている窓や雨戸を開け放っていく。

すると、山から吹き下ろされた風が一気に駆け抜けた。

都会と違って清涼で心地よい風が、家の中の淀《よど》んだ空気と半日近い移動の疲れを一緒に吹き飛ばしてくれそうで、隼人は思わず目を細める。

このまま昼寝でもしたい衝動に駆られるが、そうはいかない。

現在昼下がり、日が暮れるまでにしなければならないことは多い。

「……人が住まないと家は傷む、か」

隼人が視線を落とせば、床ではうっすらと埃が舞っている。それを見て軽く掃除もしなければと思っていると、屋根裏から姫子の声が聞こえてきた。

「おにぃー、布団のシーツどうしよー？」

「あー、さすがに1度洗っておいた方がいいか。今からなら夕方には乾くだろ、俺の分も洗濯機に入れといてくれ」

「おけー。そだ、秋物や冬物の服とかどうしよ？」

「それは……後で向こうに宅配で送るか」

そんなやり取りをしながらリビングを見回す。

都会のマンションより二回りは広く、隣接する二間続きの和室が目に入る。

置かれたテレビラックやソファ、食器棚にキャビネットは2ヶ月前と変わっていない。まるで時が止められているかのようだ。

都会で使っている家財道具は、向こうで買い揃えたものが多い。

それだけ、急な引っ越しと転校だった。

隼人は空っぽの冷蔵庫に道中沙紀から手渡された野菜のおすそ分けを収めつつ、さてどこから手を付けようかと思い巡らす。

その時、月野瀬では珍しくピンポンと玄関のインターホンが鳴った。

「はーい……って、春希に村尾、さん……？」

「ううぅ〜〜……」

「えとあのその、村尾沙紀です……」

来客は春希と沙紀だった。どうやら荷物を置いてやってきたのだろう。

しかし、どこか2人の様子がおかしい。

春希は顔を真っ赤にして縮こまっており、沙紀はあたふたとしている。

一体どうしたことかと隼人が首を捻《ひね》っていると、屋根裏から姫子が降りてきた。

「あ、はるちゃんに沙紀ちゃん！　いらっしゃ……っておにぃ何したの⁉　セクハラ⁉」

「してねーよ！　ていうか俺も知りてぇよ！」

姫子がジト目で隼人を見れば、春希がとつとつと理由を話し出す。

「……大体沙紀ちゃんのせい。沙紀ちゃんに殺されるかとおもった……」

「は？」

「ち、違いますっ！　村の皆に春希さんは良《い》いところがいっぱいあるっていうのを知って欲しくて、事前に色々とアピールもしていて、それで……っ！」

「こ、ここに来るまで会う人会う人皆に『かわいーねー、見違えたねー、別嬪《べっぴん》さんだねー、沙紀ちゃんや隼人やひめちゃんをよろしくねー』なんて言われるんだよ⁉　ボクは褒め殺しって言葉の意味を悟ったね！」

どうやら沙紀が事前に月野瀬の各所で春希のことを話していたらしい。

幸いにして概《おおむ》ね友好的に迎え入れられていたようだが、春希はそういう風に扱われるのに慣れておらず、その結果がこれである。

隼人と姫子は顔を見合わせ、その時の田舎特有の過剰に可愛がられる春希や沙紀の姿を想像すれば、自然と笑いが込み上げてきた。

「「……ぷっ」」

「ひ、姫ちゃん〜」

「は、隼人も〜っ！」

春希はそんな霧島兄妹《きょうだい》の反応に不満そうにむくれ、もぉもぉと鳴きながら玄関に上がる。

そしてリビングに足を踏み入れ、立ち止まった。固まってしまったかのようだった。

春希の肩越しに見えるのは、多少埃っぽさがあるものの、2ヶ月前と変わらないありふれたリビング。隼人はどうしたことかと眉《まゆ》を寄せる。

「春希？」

「……あ、いやその、変わってないなって」

「そうか？　何度か模様替えしたし、多少ボロくもなってるだろうし」

「あはは、なんていうかさ、はやとの家に戻ってきた感じがしてさ……」

「っ！」

そう言って振り返った春希のはにかんだ顔は、かつてと違い可憐で可愛らしい。ドキリとしてしまった隼人は、がりがりと誤魔化すように頭を掻いてそっぽを向く。

「おにぃ、さっさと掃除終わらせようよ」

「そうだね、ボクたちは何をすればいい？」

「わ、私も……っ」

「……いいのか？」

隼人がそう尋ねれば、春希と沙紀はもちろんとばかりに頷《うなず》き返す。姫子は「早くクーラーつけたい！」と歓迎している。

月野瀬の隼人の家に成長した春希が居て、あまり縁の無かった妹の親友《沙紀》と並んでいる。少しだけ、不思議な感じがした。2ヶ月前には想像だにしなかった光景だ。

「じゃあ、まずは――」

だけどこれも悪くない。隼人は目を細め、指示を出していった。


霧島家は月野瀬では一般的な大きさだけれども、都会基準で考えると随分と広い木造平屋の一戸建てである。実際、床面積なら都会のマンションの倍以上を誇る。

しかしそれでも4人で手分けをすれば、小一時間ほどで粗方掃除も片が付く。

「これでよし、と」

隼人は庭先で布団のシーツを干し終え一息ついた。

流れる額の汗を手の甲で拭《ぬぐ》いつつ閉め切られた掃き出し窓からリビングに戻れば、クーラーの効いた部屋でぐてーっとソファで溶ける姫子の姿。色んな意味で眉を顰《ひそ》めていると、キッチンから沙紀がお茶の入ったコップをお盆に載せてやってくる。

「えっと持参したペットボトルでその、姫子ちゃんに聞いてコップ使わせてもらって……少しぬるいかもしれませんが」

「あー沙紀ちゃんありがとー」

「姫子……村尾さん、色々とすまない」

どうやら2人は先に掃除を終えたようで、沙紀がお茶を入れてくれたらしい。

隼人はジト目で姫子を見るが、ソファの上でだらけているのみ。

困った顔の沙紀と目が合えば互いに苦笑いを零《こぼ》す。

「まぁ姫ちゃんですから」

「……ったく」

隼人は沙紀からお茶を受け取り一気に呷《あお》る。多少ぬるいものの、汗ばんだ身体に喉《のど》から水分が行き渡っていくのは心地よい。ふぅ、と息が漏れる。

そこでふと、春希の姿が無いことに気付く。

先ほどまで姫子と一緒の部屋を掃除していたはずだ。

「姫子、春希はどうした?」

「んー、はるちゃん? そういや見ないね。そのへんどっかうろついてるんじゃない?」

「…………え？」

ビクリと隼人の肩が跳ねる。なんだか嫌な予感がする。

かつては春希もよく霧島家を訪れていた。当時と間取りはさほど変わっていない。

そしてふと、嬉々《きき》として隼人の部屋を探検する春希の姿が脳裏に浮かぶ。

「まさかっ！」

「おにぃ……？」

「お、お兄さんっ⁉」

隼人は慌てて自室へと駆け出した。目指すは屋根裏をリフォームした、姫子の部屋の隣だ。突然の行動に姫子と沙紀が目を丸くしているが、気にしている余裕はない。

「春希っ⁉」

「…………」

扉を勢いよく開け放つ。

いくつか物が少なくなっているものの、都会に引っ越す前とさほど変わらない自分の部屋。その中央には、床で正座をする春希。

いかにも待っていましたという体勢だ。だがその顔は無表情だった。

これ見よがしに春希の前にあるのは、長い銀髪の楚々《そそ》とした美少女と抜けるような青空が描かれたトールケース。18という数字がよく目立つ、キラキラとしたシールが貼られている。年頃の男子の部屋なら、こういうものの1つや2つあってもおかしくない代物だ。

「……」

「……」

真夏だというのに、ぞくりとするような空気だった。

気まずい、なんてものじゃない。隼人の顔が引きつり背中に嫌な汗が流れる。

春希はにこりとあからさまな作り笑いを浮かべ、右手でとんとんと床を叩《たた》く。どうやら座れと言いたいらしい。

「えーあの、それはだな……」

「エニシノソラ、ですね」

「あっはい、エニシノソラです」

「私も拝見していた深夜アニメの原作となった――エロゲーですね」

「こ、こっちにいた頃の高校で好きな奴がいて、そいつにおしつけられたというか……」

「プレイしたと？」

「いやその、ええっとだな……」

「とりあえず、座りましょうか」

「………………はい」

隼人は取り調べを受ける容疑者のような心境でその場に座る。どうしたわけか、自然と正座になった。

　そしてエロゲーを挟んで春希と向かい合う。

　剣呑《けんのん》な空気が流れていた。屋根裏部屋をリフォームして造られただけあり天井が低いこともあって、息が詰まってしまいそうになる。

「…………で？」

「で？」

「隼人くんは一体、どのキャラが好みだったのでしょう？」

「あ、あのその春希さん……っ!?」

「幼馴染《おさななじみ》の巫女《みこ》さんに学校の先輩、クラスメイトのお嬢様、そしてパッケージにも描かれている実妹……どの子に一番お世話になったんでしょうか？」

「ちょっ、何聞いちゃってんの!?」

「いいから！」

「い、言えるか、バカッ！」

　押し付けられた《布教された》とはいえ、隼人も健全な男子高校生である。こういったものに興味がないわけではない。もちろんプレイしたし、原作としてアニメ化するほどの面白さだ。全ルートをコンプリートしたし、何なら色んな意味でお気に入りのシーンがあったりもする。

　だがそれを春希に言えるはずがない。いくら気心の知れた幼馴染であるとはいえ、春希は女の子なのだ。それも、隼人が可愛いと思ってしまう程の。

今すぐこの場から逃げ出したかった。

だがにこにこと笑う春希に威圧されて、それも出来そうにない。

冷や汗が流れ、どうしたものかと視線を泳がせる。

その時、どたばたと階段を駆け上ってくる足音が聞こえてきた。

「おにぃ、はるちゃん、大きな声出して何かあったのー？」

「お兄さん、春希さん、どうしたんですか～？」

「…………ぁ」

姫子と沙紀が部屋に顔を出し、そして表情が固まった。

美少女が描かれ18というキラキラしたシールが貼られているトールケースを挟んで正座をしている隼人と春希を見れば、どういう状況なのかを察するのは容易《たやす》いことである。

隼人の顔はどこまでも青褪《あおざ》めていく。

ジト目になった姫子が兄《隼人》を一瞥《いちべつ》し、春希と頷きあう。

「はるちゃん、これはえっちであれなものですか？」

「はい、これはとてもえっちであれなものです」

「……あたしとしては理解ある妹として、おにぃも年頃なのでしょうがないことだと思います。ね、沙紀ちゃん？」

「ふぇっ!?　そ、その……お兄さんもそういうこと、興味あったんですね……」

「いやそのこれは押し付けられたというか、その、勘弁してく――」

「しかし姫子さんに沙紀さん、この作品に出てくる――」

「春希――――っ!!」

「わぷっ!?」

　隼人は慌てて何かを口走りそうになった春希の顔に、近くにあったクッションを押し付けた。反射的な行動だった。

　しかしそんな隼人を、いきなりのことで涙目になった春希はじろりと睨《にら》み、姫子は呆《あき》れてため息を吐き、沙紀はオロオロと見つめるばかり。完全に針の筵《むしろ》である。

「お、俺、夕飯の買い出しに行ってくるからっ！」

　さすがに居た堪《たま》れなくなった隼人は、そんな言い訳を口にしながら立ち上がり、外へと駆け出すのだった。

　あとに残された春希と姫子と沙紀は、互いに顔を見合わせ、はぁ、と苦笑を零す。

　この場にもう用事はない。だがどうしたわけか、誰もこの場を動こうとしない。

　3人の視線はトールケースに注がれている。

「あーあ、逃げられちゃった」

「もう、はるちゃんが揶揄《からか》うからでしょ」

「あ、あまりやり過ぎるのは、その～……」

そんなことを言いながらも、どこかそわそわした空気が漂っていた。

彼女たちの瞳《ひとみ》には好奇心の色。

「……ところでこれ、どんな内容なのでしょうか？」

「さぁ？　はるちゃん、これ有名なの？　どんなのか知ってる？」

「うーん、ボクはアニメで見ただけだから。ゲームとは結構違うって話だし」

「……」「……」「……」

そして彼女たちは、どこか共犯者めいた表情で頷き合うのだった。


「あぁこのくそっ、春希のやつっ！」

隼人はガシャガシャと力任せに自転車を漕《こ》ぎ、あぜ道を走らせていた。

都会と違って舗装されていない彼岸花の植えられた地肌が剝《む》き出しの道は、ガタガタと車体もよく揺れる。どこまでも長く一直線に延びる道幅は狭く、一歩間違えれば水路や田んぼに落ちそうになる。

「っ⁉　と、あぶねっ！」

いきなり田んぼの方から茶色く細長い小動物が飛び出してきて、急ブレーキをかける。土煙を上げながら横向きになりつつ自転車を止める。イタチだった。

イタチもびっくりしたのかその場で立ちすくみ目が合うも一瞬、そのまま山の方へと逃げ去って行く。

月野瀬ではよくある光景だ。

しかし隼人はその様子を、どこか遠いことのようにただただ眺めていた。

「……そうだった、ここは田舎だっけか」

そしてため息を1つ。

バツの悪い顔でがりがりと頭を掻《か》き、自嘲《じちょう》めいた笑いを零しながら体勢を戻す。

隼人が向かっていた先は、月野瀬の野菜出荷組合に併設されている購買部。

生鮮食品に関しては、野菜類は豊富に置かれているものの肉や魚は週に3回やってくる移動式スーパー頼み。よく考えてみれば今日はやって来ない曜日であり、いつでも好きな時に好きなものが買える都会とは違う。

ふと、周囲を見回してみる。

コンクリートでなく木々が繁茂する山に囲まれ、平地部分では隙間を縫うように電信柱が列をなしている。整然とした住宅の代わりに田畑が広がっており、あちらこちらからは車や人でなく虫や動物の息遣いが聞こえてくる。

それはつい2ヶ月ほど前まで、毎日見ていた光景だった。

だというのに見慣れぬ何かに思えてしまい、歯車のズレのようなものを感じてしまう。

どうやらこの短い期間に、随分と感覚が変わってしまったらしい。

その象徴ともいえる春希の顔が脳裏にチラつき、胸に手を当てる。

「………………」

そして隼人は難しい表情を作り、とある場所へと進行方向を変えた。


山の手の方の道を登っていけば、月野瀬でも年代を感じさせる蔵が特徴的な、やたら大きくそして古めかしい日本家屋がある。その存在感が示す通り、かつてはこの一帯の庄《しょう》屋《や》をつとめた豪農の家でもあった。

しかしその威容とは裏腹にあちらこちらが傷んでおり、割れている窓ガラスも見える。庭も雑草で荒れ放題であり、人の住んでいる気配はない。

事実ここは5年前から無人になっていた。人の住まない家屋は朽ちるのが速い。

「そういやはるきは、頑《かたく》なにここを教えてくれなかったっけ……」

かつてのことを思い出す。

はるきとこの月野瀬で、色んな場所を遊び回った。

自然を相手に野山や川を駆け巡っただけでなく、部屋でテレビゲームをしたり姫子を交えて人形やブロック、絵を描いたりもした。しかしそれらは全て、霧島家で行われたものである。

当時は疑問になんて思いもしなかった。『はるきの家へ行ってみたい』と言えば、『ひめちゃんもいるはやとの家のほうがいい』と返ってくるのみ。それもそうかと納得していた。

とある山の一角に視線を移す。

そこだけ中途半端に木々が切り拓《ひら》かれ、他の山と色が違う様は、まるで半紙に墨をこぼしたように目立っている。

「『いわとはしらの戦場』、か……」

その場所には大きな岩が転がっていたり、一面にコンクリートが打たれ神殿のように整然と朽ちかけた柱が並ぶ広場がある。夏場はよく水鉄砲を使って遊んだ記憶があった。

なんてことはない。かつてバブル期に開発しようとして中断された跡である。大方、ホテルなりゴルフ場なりが建てられようとしたのだろう。

それを主導したのが、春希の祖父母だったらしい。

とはいうものの、バブルなんて隼人の産まれる前のことであり、物心が付いた頃には二階堂《にかいどう》家はすっかり落ちぶれてしまっており、村人との交流もさほど無かった。どうやら開発誘致を巡って、当時月野瀬内で色々とトラブルがあったという話だが、よくわからない。

そして5年前、とうとう借金返済に首が回らなくなり土地家屋が差し押さえられ、夜逃げ同然で姿を消した。それが隼人の、月野瀬の者なら誰しも知っている二階堂家の話だ。

「二階堂、春希……」

敢《あ》えてその名前を口に出してみる。隼人の眉間《みけん》に皺《しわ》が寄る。

かつては子供だから何も知らなかった。ただ、はるきと遊べればそれだけでよかった。

それに記憶の中のはるきは、いつだって笑顔だ。

しかし隼人にとって春希がどういう存在であれ、目の前の荒れ果てた家の孫娘であるという事実は変わらない。

一体、月野瀬の皆からはどういう目で見られているのだろうか？

それが分からない春希ではないだろう。

行きがけの電車の中でのことを思い出す。

沙紀ちゃんと会えるのが楽しみ、川で釣りや沢遊び、山でカブトやクワガタがどうこう、皆で集まってバーベキューをやりたいだとか、嬉々《きき》として語っていた。……再会してからずっと見せてきた、幼い頃と変わらない、どこか悪戯《いたずら》っぽい笑顔で。

ふと初めて出会った時の、膝《ひざ》を抱えていたはるきを思い出す。

それが1人っ子だからねと言って暗い家に吸い込まれた時の寂しげな顔、良《い》い子で待ってるのにと愚痴《こぼ》を零した時の震えた肩、そして先日のプールで叫んだ『つるさい、だまれ、あっちいけ』という何かを堪《こら》えた声と重なってしまう。

いつもこちらも釣られて笑顔になる明るい顔の裏で、一体どれだけのものを抱えているのだろうか？

きっと、今だって……

「あぁ、くそ、わかんねぇっての……」

色々考えていると、頭の中はぐちゃぐちゃになっていた。

そのくせ先ほど気まずくなって外に出てきたというのに、今は顔を見たくなってしまっている。そんな自分が滑稽《こっけい》だった。

「ったく、春希は――」

胸のモヤモヤしたものを吐き出した言葉は、その時ザァーッと山から吹き下ろされた風にさらわれ流されていく。

そして隼人はくしゃりと胸に当てた手でシャツの皺を作り、踵《きびす》を返した。


太陽は随分と西側へと傾いていた。

柔らかくなった陽射しの中、隼人は自転車を押しながら、都会と違って狭く傾斜のきつい坂道を下っていく。

流通組合や郵便局などがある街道沿いの月野瀬の中心部まで戻ってくれば、前方からやって来た軽トラにプァッとクラクションを鳴らされた。

「おーい、いたいた。霧島の坊～っ！」

「源《げん》じいさん？」

運転席から顔をひょいっと覗《のぞ》かせ手を上げているのは、顔馴染みのご近所さん。

1人暮らしの源じいさんとは、収穫や草刈りなど畑仕事をよく手伝って小遣いをもらう間柄だ。どうやら隼人に用があるらしい。自転車を押す手を止める。

「ちょっとまた頼みがあってなー」

「何ですかねー？」

「今夜祭りの打ち合わせがてら宴会でなー、また色々と作ってくれんか？」

「あーいっすよー。姫子に声を掛けてからいつもの場所に向かいます」

「いや、そっちはもう拾ってきた」

「へ？」

源じいさんが荷台の方を顎《あご》でしゃくれば、そこから顔を出した春希が、積み荷のトウモロコシを片手に恥ずかしそうな顔で手を振っている。状況が一瞬、理解できなかった。

荷台には他にも宴会で使うと思われる野菜が載せられており、春希はその監視という名目なのだろう。それはわかる。困惑する隼人をよそに、源じいさんは豪快に笑いだす。

「あっはっは、いやぁ驚いた！　うちの羊に靴下を履かせて喜んでた悪ガキの片割れが、えれぇ別嬪《べっぴん》さんになってるじゃねぇか！」

「ええっとそれはその、子供の頃の話ですから……」

「そう、昔！　捕まえた虫や蛇の抜け殻を見せに来たり、変な野草拾い食いして腹壊していたのが、こんなに大人しくいじらしくなっちまってまぁ、人は変わるもんだなーっ！」

「も、もぅ！　源じいさんったら……っ！」

どうやら春希の視線の変化に、驚きつつも面白がっているようだった。

源じいさんの視線を受けた春希は肩を縮こませ、口元を手で隠し目を逸《そ》らす。かつての悪童じみた姿からは想像もつかない、奥ゆかしく恥じらう楚々《そそ》とした乙女の姿だ。

源じいさんも思わず目を大きく見開き、揶揄って悪いとばかりにコホンと咳払《せきばら》い。

それは学校などで見る猫かぶりのそれに、ことさらに輪をかけたものだった。

春希と目が合えば、困った笑みを返されるのみ。

隼人が眉間に皺を寄せていると、春希の後ろの方から不満気な声が聞こえてきた。

「源さんはやーい！　あたしたち自転車なんだからねーっ！」

「ふぅーっ、ふぅーっ！」

「あっはっは、これは悪かった、姫子ちゃん、沙紀ちゃん！」

自分の自転車を必死に漕いでいる姫子と沙紀。沙紀はといえば、少しばかり息が上がってしまっている。

それを目にした春希は、少し申し訳なさそうな顔で軽トラの荷台から降りた。

「源さん、隼人くんとも合流できましたし、私はここで降りますね。ありがとうございます、先に野菜とか運んでおいてください」

「おぅそうか、じじいは退散するよ！　ったく、霧島の坊も隅に置けんな！」

　すると春希の姿を見た源じいさんは、良い笑顔を作って隼人に親指を立てる。

　隼人が困惑しているのをよそめに、こほんと咳払い。そして改まって春希に向き直る。

少し恥ずかしそうに、奥歯にものが挟まったかのようにしている。

「えーとそのだな、二階堂さんとこが急にいなくなったのはびっくりしたけど、色々あったのはオレらよかもっと上の世代だし、あーその、なんていうかだな……」

「源じいさん……？」

「その、沙紀ちゃんも色々気にしてたみたいだし、ええい、おかえり、だ、おかえり！　ガキが色々小難しく考えるんじゃねえ！　じゃあ先に行っとくからな！」

　そう言って矢継ぎ早に言葉を紡ぐと、ちょっぴり顔を赤らめながら軽トラを急発進させ、あっという間に去って行く。どうやら気にするなと言いたいらしい。

　春希は目をぱちくりとさせており、そして視線が合えば、あははと笑みを返された。

「源じいさん、相変わらずだね」

「俺も色々世話になってる」

「案外、考えすぎだったのかも」

「……そうかもな」

なんだか少し拍子抜けだった。そこで春希はぐぐーっと大きな伸びを1つ。そしてふぅっと、いかにも疲れましたといわんばかりのため息を零し、肩も落とす。

「……まぁでも何ていうかさ、子供の頃を知られてるのってやり辛《づら》いや」

「そりゃあはるちゃん、昔はおにぃと一緒に悪戯ばっかしてたもんね、しょうがないよ」

「当時の春希さんはその、少々わんぱく？　お転婆？　だったといいますか……」

「ぐぬぬ、かつてのボクが居たら叱りつけてやりたい……」

「それくらいで変わるはるちゃんとは思えないけどねー」

「ひ、ひめちゃん⁉」

「あ、あはは……」

自転車を降りた姫子が、春希の肩をぽんぽんと叩《たた》く。

けらけらと笑う姫子と、オロオロとする沙紀が対照的だ。

どうやら春希は月野瀬に着いて以来、ずっとこの調子らしい。先ほどの褒め殺しどうこう言っていたことを思い出す。

確かに人当たりの良い大和撫子《やまとなでしこ》然とした春希の猫かぶりモード《お嬢様》は、田舎での物珍しさとかつてのギャップも相まって、ウケもいいだろう。さっきの源じいさんだって、悪くない反応だった。

だけどどうしてか隼人の胸には、うまく言えないモヤモヤしたものが渦巻いていた。

「……隼人？」

「っ！　ど、どうした春希？」

「いやほら、源じいさんの言ってた宴会って、集会所？」

「あぁ山の麓《ふもと》の神社入り口近く、村尾のばーちゃんの駄菓子屋の隣だ」

「あ、思い出した！　村尾のおばあちゃんの……って、あれってもしかして沙紀ちゃんの？」

「ふぇっ⁉　え、えぇそうです。集会所、うちの神社が管理していたんですけど、皆さんが集まって騒ぐことが多いので、御菓子や飲み物の置き場として駄菓子屋を始めたとか」

「あはは、そうだったんだ。どうりであそこ、あたりめとか鮭とば、貝ひもといった乾きものが充実してたんだね」

そんな話をしているうちに、集会所に到着する。

月野瀬神社の麓にあり、横に広い1階建ての瓦葺《かわらぶ》きの建物である。

一見すると年季の入った平屋の日本家屋のようにも見え、入り口に掲げられた『月野瀬集会所』という看板がなければ、月野瀬の住人以外は普通の住宅と間違えることだろう。

太陽はまだ西の高いところにあり、日暮れまでまだ時間がある頃合い。

集会所近くの空き地には多くの軽トラや原付、自転車が並んでおり、建物からはがやがやと笑い声が聞こえてくる。どうやら一足早く出来上がっているらしい。

きっといつものように、多くの人が集まっていることだろう。

そう思った時、隼人の手が反射的に動いていた。

「うん？　隼人？」

「え……あー、いや」

気付いたら春希の腕を摑《つか》んでいた。

突発的な行動だった。どうしてかだなんて、隼人自身も理由はよくわかっていない。

ただ確かなのは、あそこに行くと二階堂春希になる――そのことが、隼人の眉間に皺を作らせていた。

そんな隼人に春希は苦笑を零し、にこりと、しかし嫋《たお》やかに仮面《猫》を被《かぶ》って微笑む。

「大丈夫ですよ、隼人くん」

「……そうか」

隼人は曖昧《あいまい》に言葉を返し、そしてがりがりと頭を搔《か》き、集会所の扉を潜った。

玄関に上がると奥まで見通せる廊下。左手には所々襖《ふすま》が開け放たれた和室の大部屋が2つ、右手には納戸とトイレ、給湯室があり、その構造も一軒家じみたものだ。

ちなみに納戸には机や座布団の予備の他、囲碁や将棋のセットも充実しており、6畳ほどある給湯室はやたらと火の周りが充実したキッチンになっている。

娯楽に乏しい月野瀬では、何かにつけて頻繁に集まっては宴会が行われることが多い。

今回は夏祭りの打ち合わせという体だが、他にも消防団の集まりだとか避難訓練でどうだとかで、色々集まるダシにされている。隼人も中学に上がった頃から集まりに呼ばれては、お小遣いを貰《もら》ってツマミを作ってきた。

大部屋には既に20人ほどの男性陣が集まっており、キッチンに入った隼人はまずは軽くつまめるものをと用意していく。手慣れたものである。

ちらりと大部屋に視線をやれば、既にいくつかビールの空き瓶が転がっており、すっかり盛り上がっている様子だ。

そして酒の肴《さかな》はといえば、やはりというべきか春希だった。

「はい、枝豆とトウモロコシ、茹《ゆ》で上がりましたよ〜っと。それからビールのお代わりの人は……」

「おう、ここだここ！　いやぁ、それにしても沙紀ちゃんから話は聞いてたけど本当変わったなー！　最初は誰かと思ったよ！」

「昔はアリの巣を水浸しにして喜んでたりしてたってのにな！」

「あぜ道の雑草を結んでは罠《わな》をしかけたりもな！」

「柵《さく》の上を歩いて壊したこともあったっけか！」

「も、もう、意地悪言わないでください！　そんな人にはビールはあげません！」

がっはっはと源じいさんたちに笑われながら昔との違いを弄《いじ》られれば、つーんと差し出そうとしたビールを引っ込め、ぷいっと怒りましたよとばかりに顔を逸らす。

それは困ると兼八《けんぱち》さんが情けない声を上げながらビールへ手を伸ばすも、ぴしゃりと掬《す》ねた春希がその手を叩けば、昔馴染《むかしなじ》みの月野瀬の住人たちは、ただでさえ皺《しわ》の多い顔をくしゃくしゃにしながら豪快に笑う。お酒が入っているということもあるだろう。

「まぁでもそう言われるのも無理ないって。昔のはるちゃんって男の子みたい、というかあたし男の子だと思ってたし。うちに来るとよく虫捕りに誘ってたよね？　女の子相手に虫捕りだよ？」

「がっはっは、そういやセミ100人斬りだーって言って虫かごいっぱいになるまで集めてたっけ！」

「カブトやクワガタの罠もよく仕掛けてたな！」

「ひ、ひめちゃんまで～っ！」

隼人はそんな様子を、給湯室で手を動かし眉間《みけん》に皺を作りながら見ていた。

姫子のツッコミというかフォローもあって、昔とは違う二階堂春希《はるき》を月野瀬の皆に浸透させていく。それはかつての子供時代のことまで計算に入れた、見事な演技《猫被り》でもあった。

今日の楚々とした白のワンピース姿は、この田舎では珍しい大和撫子然としたものであり、そんな春希にお酌をされるのを嫌がる人はいない。

悪くない雰囲気だった。

ちゃんと二階堂春希が受け入れられている。

隼人もそれが必要だというのを、頭では理解している。しかしどうしても胸には釈然としないものがあり、苛立《いらだ》ちからか思わず手元が狂い、トマトをいびつに切ってしまう。それを見て更に眉《まゆ》を顰《ひそ》めた。

「あ、あのっ！　お兄さんその、これ、猪の……い、一応日本酒に漬けて、臭みは……」

「っ！　と、村尾さん。ありがとう、下処理もしてくれたのか。その辺に置いといてくれ」

「は、はいっ」

そこへ薄切りにされた猪肉を持った沙紀が現れた。隼人も意識を切り替える。

緊張しているのかカチコチとぎこちない動きで、調理台の上に肉を置く。

最近グルチャではよく話すようになったものの、やはり2人きりで面と向かえば今までと同じようになってしまうらしい。

沙紀と目が合えば、お互い何とも言えないぎこちない苦笑いを浮かべた。

「はぁぁ～……あ、隼人、お肉早くもってきてだってさ」

「っ、春希……リクエストのあったピリ辛厚揚げ肉巻き、今からなんだ。ツマミが足りないってんなら、そこにある切ったトマトときゅうりでも出しといてくれ」

「おけー。あ、回収した空き瓶はどうしよう？」

「あ、あのぅ、私の方で処分しますので、適当にその辺に置いといてください」

「あ、うん。お願いね、沙紀ちゃん」

「は、はいっ！」

沙紀は春希から空き瓶を受け取ると、そそくさと隣の駄菓子屋へと回収していく。それを見送った春希は、ぐぐーっと両手を上げて伸びをして肩をこきりと鳴らす。

隼人はより眉間の皺を険しくしながら、そっぽを向きつつぼそりと呟《つぶや》く。

「その、窮屈じゃないか？」

「あはは、否定はしないかな？」

「……そうか」

「ったく、隼人は過保護なんだから」

そう言って春希はまかせてよと言わんばかりに細い腕に力こぶをつくり、ポンと叩く。

そして大皿に盛られていた冷やしトマトともろきゅうを運んでいく。

猫を被り直した春希を見送った隼人は、大きく頭《かぶり》を振ってリクエストの調理に取り掛かった。

程よい大きさにカットした厚揚げに塩胡椒《しおこしょう》と片栗粉を薄くまぶし、みじん切りにしたネギを載せてくるくると臭みを抜いた猪の薄切り肉で巻いていく。

それらを油を引いて熱したフライパンで焼き色を付け、醤油《しょうゆ》、みりん、砂糖、おろした生姜《しょうが》とニンニク、そして豆板醤《とうばんじゃん》で作ったタレを加えとろみが付くまで加熱する。

最後にくるくると大葉で巻いて白ごまを振るのが隼人のこだわりだ。

よし、とばかりにその出来栄えに満足していると、恐る恐るおさげを揺らしながらこちらを窺《うかが》う沙紀の姿に気付く。どうやらビール瓶の方は終わったらしい。

その視線は隼人の顔とピリ辛厚揚げ肉巻きの盛り付けられた大皿を行き交い、しかしその表情はどうしたものかとぎこちない。手伝いを申し出ようとしてくれているのはわかるのだが、隼人も困った顔になってしまう。

そもそも今まで沙紀は、こういう場にあまり顔を出さなかった。

出しても精々、家の人に頼まれて駄菓子屋の方から飲み物なり追加の食材を運ぶ程度で、隼人と顔を合わせても会釈する程度である。

突然の変化だ。だから隼人もどうしていいかわからない。

しかし、と思い直す。

沙紀と姫子は仲の良い親友だ。それこそ、幼い頃のはやととはるきのように。

ふと、かつての別れを思い出す。いきなりのことだった。

あの時はひたすら空虚な思いを感じ、何をするにも虚《むな》しくて、ただ流されるだけの毎日を送っていたのを覚えている。

（あぁ、そうか……）

きっと沙紀も、あの寂しさを味わったに違いない。

当たり前のようだった日々が崩れ、心が弱っているのだろう。あの時の自分のように。

だから何かをしようと、こうして手伝いをしようとする気持ちが痛いほどに分かる。

そう思うと、隼人はどんどんと沙紀のことが他人事《ひとごと》だと思えなくなっていく。

こほん、と咳《せき》ばらいを1つ。

「村尾さん、運ぶの手伝ってくれる？」

「っ！　はいっ！」

隼人の言葉に沙紀がみるみる顔を綻ばせていけば、隼人も釣られて笑顔になる。そして
とてとてと近くにまでやってくれれば、どうしてか自然と沙紀の頭へと手が伸びた。

「ふぇっ⁉」

「っ！　と、ごめん！」

「い、いえ、別にその……っ」

「その姫子が……あーいやなんでもない」

無意識の行動だった。くしゃりと頭を撫《な》でられた沙紀はビックリして、顔だけでなく耳や首筋まで赤く染め上げている。

隼人は撫でた手を見つめ、どうしてかあの時の姫子の顔と、涙を流した時の春希と重なり……だから曖昧に誤魔化すように、無理矢理笑みを作った。

「行こうか」

沙紀は隼人の呼びかけに、こくりと頷《うなず》いた。

料理を持って行こうと大部屋を覗《のぞ》けば、先ほどまでと同じく、春希を中心に盛り上がっていた。もちろん、皆の顔には笑みが広がっている。

隼人は入り口でしばし足を止め、その様子を窺う。

かつての子供時代のことを弄《いじ》られ、姫子が茶々を入れ、それに春希が抗議する。そんなサイクル。春希は弄られて恥じらうだけでなく、拗ねる、怒る、焦る、喜ぶ、慌てる、そして笑うなど、様々な魅力的な表情を見せている。果たしてそれは、どこまでが計算《演技》なのだろうか？

ふと、初めて転校先で見た時の姿と、あるいは初めて父と顔を合わせた時、もしくは先日のプールで愛梨《あいり》と相対したときの姿と重なる。

そしてどうしてか田倉真央《たくらまお》の顔が脳裏を過《よ》ぎり――それを追い出そうと頭《かぶり》を振った。

「あの、どうかしましたか？」

「っ！　いや、なんでもない。料理持って行こうか」

「……そうですか」

突然の行動を不審に思われたのか、沙紀から心配そうな顔を寄越される。

大部屋へと足を踏み入れれば、目敏《めざと》くこちらに気付いた兼八さんが大きく手を振った。

「お、きたきた！　やっぱり隼坊《はやぼう》のツマミがないとな！」

「皆呑《の》んじまって誰も作らねーからな！」

「ちげぇねぇ！」

がっはっはと、陽気で豪快な笑い声が響き渡る。どうやらずっとこの様子らしい。

彼らの世話を焼いていた春希と目が合えば、苦笑いを返される。

「隼人くんのお皿は私の方でもらいますね。沙紀ちゃんのお皿は――」

「あ、沙紀ちゃんはこっちこっち！」

「ふぇ、あ、姫ちゃん。わかった～」

「っと、霧島の坊も突っ立ってないでこっちに座れよ」

「隼坊には色々聞きたいことがあるしな」

「待ってくれ、料理が零《こぼ》れるから！」

「――あ、あはは……」

たちまち皆に捕まれば、強引に春希の隣へと座らされた。

沙紀は沙紀でいつもよりテンションの高い姫子に回収され絡まれている。どうやら姫子は場の空気に酔っているらしい。隼人は、はぁ、と大きなため息を吐く。

ちらりと春希を見れば、せっせと隼人が持ってきた料理を取り分けている。いかにも気の利く女の子らしい、二階堂春希な姿。

だから少しだけ、悪戯《いたずら》心ともいえるものが湧いてきた。そこへ兼八さんたちが話しかけてくる。

「で、隼坊。都会はどうだ？」

「こっちとは色々違うだろ？」

「月野瀬は何にもないからな！」

「あ、あぁ。近くにコイン精米所はないし、駅も徒歩圏内で電車の本数だって1時間に何本もある。それに100均に行けば食器から収納、文具と何でも揃うし春希なんてジオラマやプラモの塗料や工具とか買っていたな」

「うん？　なんでぇ、春坊ってばこーんなお嬢ちゃんになったってーのに、趣味のところは相変わらずか」

「三つ子の魂百まで、ていうけど、ははぁん？　もしかしてイタズラも相変わらずだったりするのか？」

「まぁ、そんな感じ。中身は昔とあまり変わってないし、俺も結構イタズラされてる。みんなも騙《だま》されないようにな」

「も、もう、隼人くんってば！」

隣の春希が抗議するかのように、唇を尖《とが》らせ手の甲を抓《つね》る。そんな姿を見せれば、周囲に笑いが広がっていく。

そして隼人は様々なことを話す。

スマホ選びのこと、映画館がとんでもなく大きかったこと、プールに度肝を抜かれたこと。このたった2ヶ月の間に体験したことを、土産話として語っていく。

不思議な感じだった。

まるで長い旅行から帰って来たかのように錯覚し、言葉に出来ない心地よさがある。

隣へ視線を移せば、春希と目が合いはにかんだ笑顔を返された。きっと同じ気持ちなのだろう。

隼人は胸にあったしこりのようなものが消えているのに気付く。

いや、変に気を張りすぎていただけなのかもしれない。

「まぁまぁまぁ、旦那《だんな》たち先に始めちゃって……あらあら、隼人ちゃんじゃない！」

その時玄関の方からガララと扉が開く音と共に、騒がしい声が聞こえてきた。

声を聞くに月野瀬の女性陣到着らしい。漏れ聞こえる話声から、男性陣とは別の祭りの準備をしていたようだ。

彼女たちは目敏く隼人と春希の姿を捉《とら》えると、素早く逃げ出さないように取り囲む。

「あれ、もしかして隣にいるのは春希ちゃん!?」

「すっかり綺麗《きれい》になっちゃってまぁ！　ていうか本当に女の子だったのね！」

「あの頃って隼ちゃんといつも一緒で泥だらけになってた記憶が強いから！」

「みゃっ!?」

そして女性陣は男性陣と違って遠慮というものが無かった。

春希はベタベタと月野瀬マダムたちに身体を叩《たた》かれ翻弄《ほんろう》されている。だが、春希にも彼女たちにも嫌悪感といったものはない。まるで子や孫に接するかのようで微笑ましい。

隼人が苦笑していると、女性陣の年かさの1人がこっそり近付いてきたかと思えば、神妙な顔で尋ねてきた。

「そういや隼人ちゃん、お母さんは大丈夫なのかい？」

「ええ、おかげさまでなんとか。今はリハビリに専念しています。父が付きっきりで」

「あらあらあら～、和義《かずよし》ちゃん昔から真由美《まゆみ》ちゃんにぞっこんだったから～！　そうそう、ぞっこんと言えば春希ちゃんだけど」

「春希がどうかしました？」

「あんたたち、付き合ってるの？」

「「…………へ？」」「っ⁉」

瞬間、空気が固まった。

隼人と春希の素《す》っ頓狂《とんきょう》な声が重なり、どこかで息を呑《の》む声が聞こえてくる。

予想外の言葉だった。

引きつった笑顔の春希と目が合う。どう反応していいかわからない。だが何か弁明しないと、どう思われるかわからない。背筋に嫌な汗が流れる。

しかしその時、いきなり姫子が噴き出した。

「ぷふっ！　えぇ〜、おにぃとはるちゃんが〜？　ないない、ないって。はるちゃんも今でこそおすましてるけど、うちに来てる時とかだらしない格好でパンツ見せてるし色気のある話が皆無というかおにぃも呆《あき》れた顔でそれをスルーしてるし、あ、こないだもおにぃを揶揄《からか》おうとえっちぃ——もがっ⁉」

「すとーっぷ！　ひめちゃん、すとーっぷ！」

「ま、まぁその春希だし、色気より食い気というか、この間も味見って言いながら冷やし中華用の錦糸卵《きんしたまご》と焼き豚を結構な量食べてて……って痛っ⁉」

「もーっ、隼人までーっ！」

姫子がけらけらと笑いながら手を振って春希の普段の姿を暴露しようとすれば、あわてて口元を押さえられる。

隼人は一瞬呆気《あっけ》に取られていたものの、騒《ざわ》めく胸を誤魔化すように悪態を吐こうものなら、涙目になった春希に思いっきりほっぺたを引っ張られた。

そして一瞬の静寂の後、どっと笑い声が広がっていく。

「なーんだ、変わったのはやっぱ見てくれだけか！」

「そういうところ、昔と一緒だな！　うんうん、なんだか安心したわい！」

「え、ええっとその隼人くんとひめちゃんは特別といいますか——」

「うんうん、本性バレてるから隠す必要ないもんね」

「──そうそうだから素で、ってひめちゃん〜っ！」

「あはは、なるほどねぇ、猫かぶりが上手《うま》いのは真央ちゃん譲りってわけか」

「「──っ」」

それは誰かの何気ない一言だった。

春希の顔が強張《こわば》り、ビクリと肩を震わせる。

「そうそうドラマも見てたよ。家内の奴が好きでさー、十年の孤独だっけ？」

「那由多の刻って映画も今やってるよね、いやぁすっごい若いままで羨《うらや》ましいわぁ！」

「お肌のお手入れのコツとか聞いてみたいよねぇ！」

「あの無口で素っ気なかった子があそこまで活躍とか、どうなるかわからないもんだわ」

「春坊に言えばサインでもくれるかな？」

話題が春希の母、田倉真央へと流れが変わる。

不意打ちだった。

頭が一瞬、真っ白になる。

意識は完全に春希の祖父母に行っていたこともあり、なおさら。

手を握りしめ、目の前の状況をどこか遠くの出来事のように眺める。

田倉真央について語る彼らの顔や言葉には、嘲《あざけ》りや罵《ののし》りといった負の感情の色は無い。

ただ単純に興味があるだけで、むしろ地元出身の有名人を褒め称《たた》えるかのようだ。それだけが幸いか。

「…………」

なんてことはない。二階堂家はずっと月野瀬では没交渉になっていた。

だから今の春希と田倉真央の関係性なんて知らず、ただ母子という事実だけを知っている。それだけの話なのだ。

迂闊《うかつ》だった。

隼人は奥歯を噛《か》みしめちらりと隣に視線を移せば、表情の抜け落ちた春希が一瞬目に映り、そしてこちらに気付いた春希が気丈に笑みを浮かべれば、たちまち頭が沸騰した。

握りしめる拳《こぶし》に爪が食い込み、うっ血する。

そして胸に生まれた使命感に突き動かされ、声を上げようとした、時のことだった。

「か、カラオケ！　そのカラオケを、歌を、歌いませんか、です……っ！」

「――っ!?」

必死とも言える大きな声が喧騒《けんそう》を切り裂く。

普段の様子からは想像もできない声の主に皆の注目が集まる。沙紀だった。

「あのその、集まりでよく使ってます、よね……？」

沙紀はあたふたしつつも、上擦った声で訴える。

普段あまり自己主張をすることのない沙紀の発言に、皆が目を大きくしつつも首を傾げてしまう。沙紀はそんな視線に晒《さら》され語尾と身体を小さくさせるも、ちらりとこちらに送られてきた視線と目が合えば、きゅっと口を結び、胸の前で小さな握り拳を作る。

そして意を決して口を開こうとすると、今度は姫子の明るい声が響いた。

「あ、やりたい、あたし歌いたい！　あれ、でも古いのしかない？」

「え、えぇっと、最近いくつか通販で取り寄せたレーザーディスクが……」

「わぁ！　取り扱ってる曲がどれだかわかる⁉」

「おう、姫坊、納戸に入ってすぐ右手の籠《かご》の中に入ってるぞ」

「納戸ね！」

「ひ、姫ちゃん⁉　じゃ、じゃあ私は準備を～」

皆の戸惑いも一瞬のこと、姫子が嬉々《きき》として納戸へ走っていけば、集会所内はたちまちにしてカラオケ一色に染まっていく。

「おい兼八さん、嬢ちゃんたちを手伝うぞ！」

「よしきた、わしの美声をとどろかせてやる」

「うるせぇ、だみ声！」

「酒焼け声に言われたくねぇ！」

「ちょっと、わたしたちも忘れちゃダメよ」

「最近キーの高い声が出なくなっちゃってねぇ」

集会所のカラオケは、月野瀬の数少ない娯楽の1つである。

酒の入っている席ということもあり、一度その流れが出来上がれば先ほどの沙紀のことなどどこへやら、何を歌おうか、歌って欲しいか、こないだはどうだっただとかいう会話がそこかしこで咲いていく。あっという間の出来事だった。

「……沙紀ちゃんに助けられちゃったね」

「……そうだな」

沙紀の行動は、明らかに春希の表情を見てからのものだった。

当然ながら、沙紀に春希の詳しい事情の説明なんてしていない。言えようはずもない。

その沙紀はといえば言い出しっぺだからか、マイクを持たされている。

助けを求めるように姫子を見るが、「あ、こないだ話してた再放送のドラマの主題歌があるよ！」と言って、ちゃっかり一緒にマイクを持って逃げ道を塞《ふさ》いでいた。姫子本人はフォローしているつもりなのだが、沙紀は涙目だ。

そして周囲も「いいぞー！」「姫坊と沙紀坊が歌うの初めてだな！」「待ってました！」とばかりに囃《はや》し立てていく。

やがてどこか聞き覚えのある、少し古さを感じさせる曲のイントロが始まった。

何度も再放送されている、かつて女性アイドルが主演をつとめた人気ドラマの主題歌。

ドラマ自体見たことのない隼人でも聞いたことのある有名な曲で、何度かこういった集まりでも耳にしていた。曲の選択としては最適だろう。

周囲も手拍子を打ち、囃し立てている。

『『あなたにひとめぼれ～♪』』

2人の歌声が集会所に響く。

姫子は何度かカラオケに行っているのである程度歌えているものの、それでもまだ声は硬く、歌詞を追うので精一杯といった様子だ。

一方沙紀はボロボロだった。こういう場で歌うのは初めてなのだろう。

顔を恥ずかしそうに赤く染め上げ、肩を小さくさせてボソボソと歌詞を呟《つぶや》くばかり。

しかし周囲はそれでも盛り上がっていく。

姫子も沙紀も、この場にいる年かさの者たちにとっては孫の発表会を見守るようなものなのだろうか、皆の頬が緩んでいる。隼人でさえ2人が一生懸命に歌う姿は微笑ましい。

特に沙紀は、毎年祭りで見る神楽《かぐら》の凛《りん》とした姿とは真逆で、余計に。

「……ね、隼人。沙紀ちゃんって良《い》い子だよね」

「あぁ、そうだな」

「そして、とっても可愛いね」

「かもな」

「だからね、ボクもあんな一生懸命な姿を見せられたら、沙紀ちゃんに――って思っちゃうんだ」

「……春希？」

　春希は視線を沙紀に向けたまま、隼人の見たことのない顔で呟いた。

　慈愛に満ちたような、しかしどこか寂し気で、消え入りそうな、言葉にし辛《づら》い複雑な表情。それがどうしてか隼人の胸を掻《か》き乱す。

　思わず存在を確かめ捕まえておこうと手を伸ばすも、ひらりと空を切る。

　春希は立ち上がっていた。座っている隼人の位置からは、その顔は見えない。

「隼人、ボク行ってくるよ」

　そう言って振り向いた春希は、見惚《みと》れるような笑みを返し、颯爽《さっそう》と舞台へと向かう。

　息を呑む。

　それは人に見られることを意識《計算》した、二階堂春希の完璧《かんぺき》な笑顔《擬態》だった。

　曲は1番が終わり、間奏に差し掛かる頃。

　沙紀と姫子《月野瀬のアイドル》を見守る月野瀬の人たちは、より一層の盛り上がりを見せていた。

　パチパチと手を叩《たた》き囃し立てれば、沙紀は顔を赤らめさせ背を縮こませ、姫子はむむと眉《まゆ》を寄せてマイク片手に喉《のど》に手を当てている。

　その2人の間に、春希が割って入る。

「いいかな？」

いきなりのことで驚く沙紀に、春希はにこりと微笑み手を差し出す。

すると沙紀は何度か自分の手元と春希の手と顔を交互に見やり、そしておずおずとマイクを渡す。春希は任せてとばかりに片目を瞑《つむ》る。

そのやり取りを見ていた姫子は何度か目をぱちくりとさせ、そしてしょうがないなと少し呆れた顔で嘆息、沙紀の腕を引き舞台を春希に譲った。

沙紀と姫子から春希へと皆の注目が集まっていく。拍手喝采《かっさい》だ。今度はかつての悪ガキが何を見せてくれるのかという期待が膨らみ、盛り上がりは最高潮を迎える。


『――琥珀《こはく》の夢～♪』

「「「「――――っ」」」」


そして春希が唄《うた》い出すと同時に世界が変わった。

今あったものがひっくり返されたかのように、裏返ったかのように、他の世界の扉が急に開かれたかのように。月野瀬の集会所は別の世界へと塗り替えられていく。

目の前で唄うのは春希であって春希でなく、皆の目に映るのは、一目ぼれをして、だけど好きになってはいけない相手で、琥珀のように想いを閉じ込め――悲恋に翻弄《ほんろう》される１

人の少女。

春希の歌声が、宙を彷徨《さまよ》う腕が、躊躇《ためら》いがちに足が刻むステップが、はらりと舞う長い髪が、歌詞に込められた物悲しくも切ない恋物語を奏でていた。

目が離せない。誰しもがあんぐりと口を開き、手を鳴らすどころか呼吸さえ忘れ、惚《ほう》けたように魅入られている。春希が輝いて見えた。

姫子も、そして隼人でさえ驚きを隠せない。沙紀は瞳《ひとみ》を揺らし胸の前で拳を握る。

春希が歌や振り付けが上手いのは知っていた。だがこれはただ上手いとか、そんな次元のものではない。

これは春希が演じる、渾身《こんしん》の誰かの物語だった。

少なくとも月野瀬みたいな片田舎の集会所で見られるような演目ではない。

一体誰がこんなドラマが見られると予想しただろうか？

『――碧《みどり》の手紙、心に呑《の》み込む……♪』

そして唄が終わる。

集会所に広がるのはただただ静寂。

誰もが春希に呑み込まれていた。

酔いなどとっくに吹き飛ばされている。

しかし誰もがどう反応していいかわからない。

ふいに目の前の春希が、どこか遠い存在のように感じてしまう。

それだけの存在感だった。隼人の拳は痛いくらいに握りしめられている。

春希はといえばそんな皆の反応が意外だったのか、「アレ？　アレ？」とアレを連呼してアレになってしまっているのみ。

隼人はそんな春希を見てようやくいつもの春希を見た気がして、そして胸の中に生まれたモヤっとした不安を振り払うように、ひときわ大きな音を立てて拍手をした。

そのパチパチという音で我に返ったのか、さざ波のように拍手が広がっていき静寂を呑み込んでいく。世界が元に戻る。

「よっ、春坊、えれぇもん見せてもらった！」

「あらやだ、わたしびっくりしてトウモロコシ落としちゃったわ！」

「オレなんて肉のタレとビール零《こぼ》して服にシミが……かーちゃんに怒られちまう！」

「わはは、なにやってんだ！　でも凄《すご》かったな！」

「がはは、ここ何十年かで一番驚いたわ！」

そして春希は月野瀬の皆の視線を受け恥ずかしそうにしつつも、隼人と目が合うなりにやりと、いつもの悪戯《いたずら》っぽい笑みで微笑んだ。

ドキリとするものの、経験からくる本能的に、ビクリと背筋に嫌な汗が流れる。

だけど、それこそ隼人の知る春希でもあり、ほんの少しの安堵《あんど》もあった。

「さ、次は隼人の番だよ！」

「お、隼坊！　待ってました！」

「さあ、お次はどんなのを見せてくれるかな⁉」

「わたしも隼人くんの歌声、聞いてみたいわぁ！」

「いや待ってくれ、俺はその……っ！」

春希は強引に隼人の腕を引き、舞台へと引き摺《ず》って行く。

音痴だという自覚のある隼人は周囲の視線に後ずさり、恨めしそうに春希を睨《にら》みつけるも、にししと良《い》い笑顔を返されるのみ。

はぁ、と大きなため息を1つ。がりがりと頭を掻いて、マイクを受け取る。

「……ったく、知らないぞ」

そして隼人の一本調子のズレた歌声が集会所に響き、月野瀬の夜空には今までと違った種類の笑い声が響き渡るのだった。


夜はすっかり更けていた。

春希たちにも手伝ってもらって洗いものを済ませた隼人が大部屋に顔を出せば、何人かは完全に酔いつぶれ、畳の上で転がり寝息を立てている。

夏場だし風邪をひくこともないだろう。それによくあることである。

大きなため息を1つ。苦笑しつつ、隼人たちは集会所を後にした。

「またな春希、それに村尾さんも。助かった」

「おやすみー沙紀ちゃん、はるちゃん」

「うん、またね、隼人、ひめちゃん」

「おやすみなさい姫ちゃん……お、お兄さんも」

帰る場所が違うので、集会所でそれぞれ別れる。

隼人と姫子は、ゆっくりと自転車を押しながら帰路に就く。

都会より明るい月と星空が、月野瀬の田舎のあぜ道を照らす。

車の走る音の代わりにブモォブモォという水場から聞こえるウシガエルの重低音をベースにして、草むらの鈴虫や山のアオバズクの鳴き声が重なり、田舎の夏の夜を唄《うた》う。

久しぶりに聞くそれらはひどく懐かしく、そしてどこか新鮮に感じた。

「あ、しまった。明日の朝のパンとか何もないや」

「えぇー、朝ごはん抜き？」

「しょうがない、駅で買ってたお菓子で代用するか」

「こういう時あっちなら、帰りにコンビニにでも寄って帰れるのに」

「こっちじゃコンビニなんて山を越えた先だし、車で30分はかかる」

「全然コンビニエンスじゃないよ、もう！」

「何なら向こうだと、早朝からやってるパン屋もあるしな」

そんな愚痴を言い合いながら、あははと笑い合う。

不便なところだ。だけどそんな月野瀬も、案外悪くない。

都会とは違う熱気の籠《こ》もらぬ清涼な風が駆け抜け、雲を流す。

「んん～、今日の集まりは楽しかったね！　沙紀ちゃんもはるちゃんもいたし！」

「……俺は散々だった」

「あはは、でもアレはアレで盛り上がってたからいいじゃん」

「アレはいい笑いものだっただろ！」

「れんしゅーが必要だね、れんしゅーが」

「かもな」

「……ところではるちゃんだけどさ、さっきすごかったよね」

「そうだな……って、姫子？」

ふと、姫子が足を止める。

その声色は妙に硬い。

明らかにいつもと違う様子だった。しかしその表情は暗くてよく見えない。

「――田倉真央。さっき、誰かが言ってたよね」

「っ⁉」

「……やっぱりおにぃ、そのこと知ってたんだ」

「いや、それは……」

咄嗟《とっさ》に言葉が出てこなかった。

別に姫子に隠していたわけじゃない。春希のデリケートな部分なのだ。たとえ妹で、自分と同じ幼馴染《おさななじみ》といえる間柄だとしても、おいそれと言えるものではないだろう。

だがそれは隼人の事情だ。姫子からしてみれば、1人だけ仲間外れにされたと思っても仕方がない。隼人は必死に言葉を探す。

しかし胸に浮かび上がる言葉は全て、ただの言い訳にしかならないものばかり。

「はるちゃんさ、きっとおにぃだからそのことを教えたんだね」

「姫、子……？」

だが続く姫子の声色はひどく温かみにあふれ、そして慈しむものだった。

隼人の胸がドキリと跳ねる。

田舎の星空の下、やわらかく微笑む姫子はやけに大人びて見え、それは隼人が見たことのない妹の姿だった。その変化に戸惑う。何て言っていいか、余計に分からなくなる。

すべてを見透かしていそうなその眼差《まなざ》しを向けられれば、思わず目を逸《そ》らす。

どうやら都会での生活は、実妹も変えてしまっていたらしい。

そんな隼人の動揺をよそに、姫子はゆっくりと再び歩き出す。隼人も慌てて後を追う。

しばらく無言で歩いていると、姫子はぽつりと、どこか諭すかのような口調で言葉を零した。

「子供の頃のはるちゃんってさ、男の子みたいだったよね」

「そう、だな」

「いつもおにぃと一緒で、よく服を泥だらけにして、身体中のあちこちに擦り傷とか作っちゃっててさ」

「いろんな場所で遊んだからな」

「でもね、それはきっとおにぃがそうあることを望んだから。はるちゃんはきっと、うん……思えばその時からずっと女の子だったのかもしれないね」

「……………………え？」

今度は隼人の足が止まる。姫子の言葉の意味がよくわからない。

だけど、姫子は何かを悟ったような、そんな顔をしていた。

「だからさ、おにぃ。ちゃんとはるちゃんを支えてあげなよ」

そう言って振り返り、ふわりと微笑む顔は、妹ながら見惚《みと》れるくらいの綺麗《きれい》な笑顔をしていて、隼人は立ちすくんでしまう。

１人、ぽつんと月野瀬の夜のあぜ道に取り残される。

「……言われなくてもわかってるよ」

天を仰いで零れてしまった隼人の呟《つぶや》きは闇夜の空へと溶けていき、ザァッと山から吹き下ろされる風に掻《か》き消されていくのだった。

◇◇◇

隼人と姫子と別れ、沙紀と春希はカラカラと自転車を押しながら沙紀の家のある神社へと向かっていた。山の麓《ふもと》にある集会所からほど近いものの、坂道がきつい。


「……」

「……」


2人の間に会話は無かった。というより、何を話して良いか分からない。

代わりに虫や小動物の声が、夏の田舎の夜を唄っている。

沙紀は少しばかり気まずい思いと共に、ちらちらと春希を見ながら、先ほどの宴会での春希のことへ意識を飛ばしていた。

長年月野瀬に住んでいたかのように、するりと皆の輪へ溶け込んでいく愛嬌《あいきょう》。

飲み物や食べ物を運んだり、隼人を手伝う手際。

そして誰もが圧倒された、歌を奏でる姿。

透き通る声、引き込まれる所作、切なげな眼差し。

洗練されて、垢抜《あかぬ》けていて、眩《まぶ》しくて、そのどれもがこの夜空の星のようにキラキラしており、中天で輝く月みたいに存在感のある女の子だった。

どうしても自分と見比べてしまい、何とも言えないため息が零れてしまう。

「ね、沙紀ちゃんちょっといいかな？」

「ふぇ？」

「ちょっと寄りたいところがあるんだ。付き合ってよ」

「え、あ、はいっ」

突如、春希が声を掛けてきた。

そんなことを考えていたものだから、返事の声は妙に上擦ってしまう。

意識を戻せば既に目の前には鳥居。沙紀の家はもう近くだ。

とりあえず反射的に答えたものの、どういうことかよくわからない。

沙紀が小首を傾げていると、春希は苦笑しつつも手招きした。

「すぐそこだから」

「こっちは……」

その場に自転車を置き、参道から微妙に外れた、雑草が生い茂る脇道へと進んでいく。

普段誰もあまり使うことのない、摂末社へと向かう道だ。

事実、沙紀もそこへ用があることはほとんどなく、ますます状況が分からない。

山の木々を無理矢理切り裂かれて作られた道は、月や星の光があまり届かず足元が覚束ない。しかし前を行く春希は、まるで歩きなれた道のような足取りでどんどん先へと進んでいく。沙紀はよくわからないまま、必死になって追いかける。

そんな苦戦している沙紀に気付いた春希は「あはは」と苦笑を零《こぼ》し、そしてポツリと呟きながら手を差し伸べた。

「沙紀ちゃんってさ、すごいよね」

「ふぇ？」

掛けられた予期せぬ言葉に、素《す》っ頓狂《とんきょう》な声を上げる。

すごい？　どこが？　先ほどあれだけの光景を作り出した人が何を言ってるのだろう？

頭の中を疑問符で埋め尽くされながらも、おずおずと躊躇《ためら》いがちに春希の手を握る。ほんのりと熱を帯びていて、柔らかい手だ。

「ひんやりしてる。手が冷たい人は……」

「へ？」

「ん、なんでもない。それよりも沙紀ちゃんだったんだね、はやとを支えてくれてたの」

「っ!?　あ、あのその、ええっとぉ……!?」

「皆から聞いたよ。まだ小さな子供でも出来るお手伝いで何があるか、聞いて回ってたんだよね？」

「それ、は……」

「それだけじゃない。今日だってビールの在庫を出したりお皿やコップの手配をしたり、さりげなく汚れたテーブルをふいてくれたり……そしてボクのことを助けてくれたり」

「べ、別に私はそんな、大したことは……」

「くすっ、そういうところだよ、沙紀ちゃん——っと、着いた」

「………わぁ！」

薄暗い木々のトンネルを抜けると、一気に月と星の明かりが差し込んできた。

夏の夜空のスポットライトに照らされているのは、古い社殿を囲み、奉るように咲き誇る向日葵《ひまわり》たち。太陽と比べると儚《はかな》げな光だが、それでも月と星の輝きを受けながら、幻想的なきらめきを放っている。

とても、そう、とても綺麗な光景だった。

そしてこれは、夜だからこそ見られるものでもあった。

沙紀はまさか自分の神社にこんな場所があるとは知らず、思わず感嘆の声を上げ見入ってしまう。

「すごいでしょ？」

「はい、とっても！」

「隼人にも見せたことのない、ボクのとっておきなんだ」

「お兄さんにも？　え……ぁ……」

「……あはは」

春希は少し表情を陰らせ、力なく笑う。

隼人の知らない、夜のこの場所を知っている……つまりはそういうことなのだろう。

きっとここは、かつてのはるきにとって特別な場所だったはずだ。

「……どうしてここを私に？」

「沙紀ちゃんだから」

「私、だから？」

「今の隼人があるのは、きっとあまり寂しい思いをしなくてすんだのは、沙紀ちゃんのおかげだから……だからね、見せたかったんだ」

「っ！」

そして春希は真っすぐな眼差しで見つめてくる。

心の奥底まで見透かされていそうな、そんな瞳《ひとみ》で。

思わず息を呑《の》む。

あぁ、おそらくきっと。

彼女には沙紀の抱えている想いがバレてしまっているのだろう。

だけど、不思議な気持ちだった。

恥ずかしくて仕方がなくて、本当は今すぐこの場から逃げ出したい。

だというのに、妙に春希から目が離せない。

ぎゅっと、拳《こぶし》を握りしめる。

すると、春希はフッと表情を緩めた。

「ま、隼人は気付いていないみたいだけどね……っと、ここだっけかな？」

「ぁ……」

そして春希は困った風に笑いながら身を翻し、社殿の裏手の床下を探る。

朽ちた木剣、空気の抜けたボール、ピカピカの平たい石といったガラクタを、子供のオモチャを、宝物を取り出す。それらを前にして春希が呟く。

「ここさ、昔ボクたちの秘密基地にしてたんだよね。懐かしいなぁ、当時はこういうの好きで、夢中になって集めてたっけ」

「あ、あはは、子供がその、好きそうなかんじですね」

「でも、今の隼人が好きそうなものだとか、喜びそうなものってわかんないんだ。沙紀ちゃんはわかる？」

「ふぇっ⁉　ええっと、その……あぅぅ……」

そして春希は立ち上がって振り返り、もじもじとスカートの裾《すそ》の辺りで指を絡ませ、恥ずかしそうに頬を染める。

「8月25日」

「ええっと、それって……」

「隼人の誕生日。こないだメッセージで月野瀬に行った時にさ、相談があるって言ったよね？　その、一緒に、隼人の誕生日プレゼント、作れたらなーって……」

「…………ぁ」

「ダメ、かな……？」

一緒に。

沙紀の気持ちを知った上で、一緒に。

その言葉には、春希の色々な想いが込められており、春希が沙紀を認めているという言葉でもあった。それが、伝わってくる。

だから沙紀は目を大きく見開き揺らし、そして衝動のまま春希の手を取った。

「はい、お兄さんを驚かせましょう！」

「うん、よろしくね、沙紀ちゃん」

そして胸に湧き起こった思いをそのままに謳《うた》い上げる。

少女2人が手を取りあって肩を揺らす。

月と星の明かりの下、向日葵たちも風に吹かれ揺らめくのだった。

幕間

世界が広がる時

月野瀬《つきのせ》神社の境内には、古い社殿とは対照的に近代的で大きな家屋が建っている。祭祀《さいし》を司《つかさど》る村尾《むらお》本家だ。

祭りが近付くある日の夜、すっかり周囲が闇に包まれた午後8時過ぎ。

今年で7つになる村尾心太《しんた》は、父に連れられて伯父《おじ》の家でもある村尾本家にやってきていた。祭りに関する話し合いがあるらしい。

普段は村議会議員を務める心太の父であるが、神職も兼業しており、こうして事あるごとに村尾本家の敷居を跨《また》ぐ。

心太も幼心に、こうして自分も将来この神社に関わるのだろうと思う。

とはいうものの、大人たちの話はまだ心太にはよくわからない。

小学1年生の男児にとって、こうした集まりは退屈なものだ。

正直なところ遠慮したかったが、今年は心太も祭りに関係しているということもあってそうもいかない。せめてこの時間をやり過ごすために家から連れてきた相棒《図鑑》をぎゅっと抱きしめる。

同世代が居ない月野瀬に於《お》いて、心太の友達はもっぱら本だった。

本は心太に様々なことを教えてくれる。

大昔に人の力だけで巨大な石を組み上げ作られた、ピラミッド。

極北の国の夜空に現れる幻想的な光のカーテン、オーロラ。

光の届かない宇宙よりも行くことが難しい海の底の世界、そこに住まう生物。

本が見せてくれる世界はいつだって心太の胸を高鳴らせ、わくわくさせてくれた。

父が「おばんです」という声と共に、返事を待たず引き戸を開ける。土間と言ってもいいような、やたらと広い玄関にはたくさんの靴。既に大勢の親戚《しんせき》が集まっているようだ。

こうした寄り合いによく使う村尾本家和室の大広間に顔を出せば、いくつもの歓迎の言葉で迎えられた。

「いらっしゃい、心太くん！」

「今年は心太くんが主役だね」

「衣装が合うかどうか確かめないとね」

「あなたが心太くん？　こんばんは、初めまして」

「っ⁉」

ハッと息を呑む。

村人全員が顔見知りといえるこの月野瀬に於いて、初めて見るとても綺麗《きれい》な女の子。色素が薄く亜麻色の髪が多い村尾家の面々の中にあって、夜空のように黒く艶《つや》やかな長い髪はよく目立つ。人形のように整った顔立ちで目線を合わせにこりと微笑まれれば、心太はドギマギしてしまい、思わずサッと父の後ろに隠れてしまう。

状況がよくわからなかった。

今日は祭りに関する集まりのはずだというのに、彼女の歓迎会のような様相になっている。心太は図鑑を広げ、興味の無いふりをして聞き耳を立てる。

「この度はいきなりの連泊、お世話になりまして」

「ええよええよ、うちの孫娘とも仲良くしてくれているようで……ほっほ、なるほど、最近の沙紀《さき》の舞に色が出てくるのが分かるというもの」

「お、おばあちゃん～っ！」

どうやら彼女は従姉《沙紀》の友達で、昔この月野瀬に住んでいたらしい。

そして彼女は、祖母に昔何もできなくて済まなかったと頭を下げられ、どこか困ったような顔をしている。

心太に細かいことはよくわからない。

ただ礼儀正しくて、人当たりもよくて、大人っぽくて、大人たちに可愛がられているのはわかる。ちょっとしたアイドルだ。

「あ、これお土産です。私のバイト先のものなんですが、是非！」

そして彼女はテーブルの上に、お菓子の箱を取り出し広げる。

心太は目を大きく見開いた。

色とりどりの夏の花が咲き誇る練り切り。

キラキラと輝く宝石のような琥珀糖《こはくとう》。

ドーム形の寒天の中に花火を閉じ込めた錦玉羹《きんぎょくかん》。

そのどれもが、とても食べ物とは思えないほど華やかな和菓子たち。

心太も自分の分を大人から手渡されるも、手を付けずにただただ見入ってしまう。

「心太くん、食べないの？　こういうの嫌いだった？」

「っ⁉」

いつまで見ていただろうか？

やがて彼女が不思議そうな顔で尋ねてきた。

いきなりすぐ傍にやってきて綺麗な顔を近づけるものだから、心太は思わず図鑑で赤くなった顔を隠してしまう。

すると図鑑の向こう側から「あっ！」と驚く声が聞こえてきた。

どうしたのかと恐る恐る顔を上げれば、瞳をキラキラと輝かせた彼女の姿。

先ほどまでの大人っぽさとは裏腹に子供っぽい顔を見せられれば、心太もドキリとしてしまってどうしていいかわからない。

「ミヤマ！　その表紙の写真ってミヤマクワガタだよね⁉　わぁ、心太くんもミヤマ好きなの⁉」

「え……あ、うん……」

「いいよね、ミヤマ！　あのシュルーってしたフォルムにギューってぐわーってなってるハサミ！　昔よく捕まえたんだよね！　心太くん、捕まえたことある？」

「……ない」

「えぇえ、勿体《もったい》ない！　こう、夜のうちに罠《わな》を……ってそうだ、今から仕掛けに行こっか！　ね、ね、沙紀ちゃん、使い古したストッキングとかない⁉」

「は、春希《はるき》さん⁉」

心太が困惑していると、彼女は従姉《さき》を巻き込んでどんどん話を進めていく。

「罠と言えばね、川にもペットボトルを加工して作ったのを沈めたら、こーんなにいっぱい魚とか捕れちゃうんだから！」

嬉々《きき》として話す彼女から目が離せない。

心太が本で知ったことと同じことを語っているのだが、どうしてかやたらと胸がわくわくとしてしまっている。

不思議な高揚感、視界が急に拓《ひら》けていくような感覚。

心太が初めて覚える感情だった。

「だから行こ、心太くん！」

「うんっ！」

そして彼女が差し出した手を迷わず摑《つか》む。

周囲の大人たちが微笑ましく見守る中、この日心太は外へと飛び出し、その世界を大きく広げるのだった。

第2話　かつてと同じ、想いが綻ぶ

未《いま》だ夜の帳《とばり》が色濃く残る早朝。

隼人《はやと》は促されるまま、眠気の残る目で窓からまだ星が瞬く東の空を眺めていた。

しばらくすると世界が白み始め、かと思えば一気にすべてを焼き焦がすかのように赤く燃え盛っていく。

鮮烈な朝焼けだった。ただただ綺麗だった。

それこそ呼吸を忘れ、眠気が吹き飛んでしまうほどに。

しかし感慨深そうに目を細める春希《はるき》とは対照的に、隼人はジト目でため息を吐く。

「すごいね、隼人。夏の暁が季語として使われる意味が初めてわかったかも」

「そうだな、確かにすごいな。だけどこれをわざわざ見せるために、こんな時間に叩《たた》き起こされた身にもなってくれ」

窓を開け放つ春希がにししと笑う。隼人はこめかみを押さえる。

夜から朝へと移り変わるこの一瞬、そしてこの季節にしか見られない夏の夜明けは、確かに美しいものだろう。隼人だって初めて見たくらいだ。

しかし時計を見ればまだ5時前、明らかにおかしな時間帯である。

まだ薄暗い部屋、目の前には春希。

今日の春希はシャツに短パンだけという、かつてと同じ格好だというにもかかわらず、大きく成長した身体つきは幼い頃とは明らかに違い、妙に落ち着かない。

昨夜の姫子《ひめこ》の言葉が脳裏を過《よ》ぎる。

そのことを考えれば胸中は複雑で、しかしこんなことをするのは隼人だからこそだと思えばどうしてか嬉《うれ》しさも込み上げてきてしまい、だから自嘲《じちょう》気味に抗議の意味も込めて、わざと大きな口を開けて欠伸《あくび》を1つ。そして寝癖の付いた頭をガリガリと掻《か》いた。

「春希、迷惑だとか考えなかったのかよ」

「あれ、迷惑ならいくらでもかけていいんじゃなかったっけ？」

「それは……ったく」

「す、すいませんっ、こんな朝早くから押しかけてしまって……め、迷惑ですよね……」

「む、村尾《むらお》さんっ⁉」

予想外の声が掛けられ、大きな口を開けたままの間抜けな顔で固まってしまった。

声の出処へと視線を向ければ、部屋の入り口の方で沙紀《さき》が、申し訳なさそうに佇《たたず》んでいる。

朝焼けのせいなのか赤く染まった顔でもじもじとされれば、ドキリと胸が跳ね、あたふたしてしまう。

「あのそのえっと姫子、はまだ寝てるだろうし、う〜、こんな寝起きの頭でごめんっ！」

「いえ、それはそれでレアといいますか、こんな時間に押しかけた私たちが悪いのでっ」

「ていうか隼人、ボクの時と反応全然違くない⁉」

「春希はアレだ、前科もあるだろ！」

「前科ってなにさ⁉」

「あ、あはは……」

照れ隠しもあって、春希への返事は声が荒くなる。

隼人にとって沙紀は春希とはまた別の意味で、特別な存在だ。

月野瀬《つきのせ》の数少ない同世代。

妹の親友。

そして毎年、祭りで神楽《かぐら》を舞う女の子。

初めて神楽を見た時の衝撃は、今でもよく覚えている。

月と星とかがり火に揺られ、描き出すは幻想的かつ神秘的な古代の物語。

隼人が初めて見た舞台、演劇ともいえるもの。

その迫力に圧倒され、当時の姿が未《いま》だに脳裏に鮮明に焼き付いている。

それを演じたのが、普段気弱で大人しい沙紀だったから、なおさら。

「はるねーちゃ、はやく行こ？」

「っ⁉　し、心太《しんた》……？」

その時、沙紀の背後から小さな男の子が顔を出した。とてとてと春希の傍へ行き、くいっと服の裾《すそ》を引く。沙紀と同じ亜麻色の髪をした、線の細い少年だ。

村尾心太、沙紀の7つ離れた従弟《いとこ》。

従姉《いとこ》同様大人しい性格で、学校などでは物静かに本を読んで過ごすようなタイプ。隼人も外で遊んでいる姿をあまり見かけたことはない。

だから隼人は、沙紀以上に心太が来ていることに驚く。

それに幼い子供にとっては起きるのも辛《つら》い時間帯だ。

事情を知っているであろう春希に視線を戻せば、ドヤ顔を返される。

「ふふっ、実は昨夜のうちに虫捕り罠を仕掛けといたのだよ！」

「はるねーちゃといっしょにつくった！」

「いつの間に、というかよく心太が興味を示したな……」

「ボクがミヤマについて語ったからね！」

「はやおき、がんばった！」

「あ、あはは……」

心太は眠そうな目をこすりながらも、鼻息荒く春希の服の裾を引っ張り急《せ》かしている。沙紀の方へと目を向ければ、申し訳なさそうに苦笑い。どうやら心太の付き添いで来たらしい。

さすがに心太とは歳が離れていることもあってあまり交流もなく、どう接していいかわからない。だけど目の前で春希とはしゃぐ姿を見れば、幼い時のことを思い出す。

今日は1日、童心に返るのもいいだろう。

「ちょっと待ってろ、さっさと着替えを済ませるから」

「オッケー。あ、ひめちゃんはどうする？」

「……この時間に姫子が起きるわけないだろ。それに不機嫌になって暴れる」

「あはは、だよねー」

そして皆で顔を合わせ、小さく笑った。

その後、隼人は手早く着替えを済ませ、春希たちと連れ立って家を出た。

月野瀬の早朝の空気は都会と違い、ひんやりしており肌寒い。

東の空はまだ赤く、西の空へ向かって曙《あけぼの》から藍《あい》へとグラデーションを描き、天にはまだわずかばかりの煌《きら》めく星々。山の方からは少し気の早いセミが、挨拶《あいさつ》してくる。

あぜ道からは朝陽に照らされ、夜から朝の色へと塗り替えられていく田畑の様子を眺めながら、山の手のとある場所を目指す。

前を行く春希と心太の足取りは浮き立っており、その少し離れた後ろを古い虫かごを持った隼人と沙紀が追いかけていた。

「やっぱり田舎の夏といえば虫捕りは外せないよね、都会じゃホント見かけなかったし！　罠にミヤマ掛かってるといいなぁ、カブトも！」

「ガキだった頃も、カブトやクワガタはなかなかレアだったな。セミばっか捕まえてた気がする」

「虫捕り、はじめて……っ！」

仕掛けた罠へと思いを馳《は》せながら、話が弾む。

そう言えばと思い返す。春希が引っ越して以来、初めての虫捕りかもしれない。

久しぶりのことで、なんだかんだと隼人もわくわくとしている気持ちがあった。

「……あっ」

「っと！　大丈夫か、村尾さん？」

「っ!?　え、あのはい、その、大丈夫、です……」

その時不意に沙紀が足を取られ転びかけた。

隼人が咄嗟《とっさ》に手を取り支えたものの、沙紀が腕に抱き着く形となる。

どうしたのかと顔を覗《のぞ》き込めば、少し垂れ目がちな瞳《ひとみ》が寝不足なのかトロンと眠気に彩られており、隼人は「朝早いしな」と苦笑を零《こぼ》す。

するとみるみるうちに沙紀の顔が羞恥《しゅうち》で赤く染まっていき、慌てて身を離した。

「あー隼人、沙紀ちゃんいじめちゃダメだよ？」

「えっとその、別にそういうわけじゃ……」

「い、いじめてねぇよ！　あーもう、先に行くぞ！」

その様子を見ていた春希に弄《いじ》られれば、居た堪《たま》れなくなったのか早足になる。

心太は一瞬春希と隼人の顔を見比べたものの、虫捕りの興味の方が勝ったのか、隼人の背を追いかけていく。

春希と沙紀は互いに顔を見合わせ、そしてくすりと笑った。


隼人たちが向かったのは、沙紀の神社から少し離れたところにある山の手の雑木林。

入り口付近にはクヌギやブナ、コナラなどが植わっており、かつての遊び場の一つである。

今ではあまり使われることがない林業用道路も拓《ひら》かれているが、それでも舗装されていない道は荒れており、足が取られてしまう。

まだ幼い心太は、歩くのに苦労しているようだった。

「心太、お姉ちゃんと手を繋ご？」

「んっ、いいっ！　自分で行くっ！」

見かねた沙紀が手を差し伸べるも、気恥ずかしいのか断られる。

それよりも罠《わな》がどうなっているのか気になっている様子で、駆け出していく。

まったくもう、とばかりに沙紀がため息を吐けば、隣の春希はあははと笑みを零す。

夜のうちに仕掛けに来たこともあり、さほど奥に罠があるわけじゃない。雑木林に入ってすぐ、木からぶら下げられた茶色い罠が見えた。

「あー……」

「…………ぁ」

「まぁこういうこともあるな……」

「そ、そうですね……」

残念そうな声が重なる。

小口切りにしたバナナを焼酎《しょうちゅう》とコーラに漬け込んだものをストッキングに入れた虫捕り罠には、悲しいかな目当てのミヤマやカブトはおらず、代わりにアリとカナブンが群がっていた。どうやら他の虫にとっても美味《おい》しい仕掛けだったらしい。

こうした失敗も、幼い頃からよくしてきたことであった。隼人はしょうがないなと、ガリガリと頭を掻く。

「……どうする？」

「ここで引き返すとなんだか負けた気がする……っ！」

「わからなくもないが」

「ミヤマ、いない？」

「いや、探す！　確か記憶が確かなら、ちょっと奥に行ったところに良《い》い感じの大きなクヌギがあったはず！」

「おーっ！」

「おい待て春希、一体何年前の記憶だ⁉」

妙なところで対抗意識を燃やした春希は林道を外れ、雑木林の中へと茂みを掻き分けていく。心太もその背を追い、隼人と沙紀も慌てて後を追う。

雑木林の中は様々な植物が繁茂しており、身体のあちこちに枝葉が当たったりして歩きにくい。そんなところを強引に進むものだから、春希の剝《む》き出しになっている手足に細かな傷を作っていく。きっと、かつてと同じことをしているつもりなのだろう。

しかし今の春希は男子と思って接していた時と違い、可愛らしい女の子なのだ。傷跡が残ったらどうするんだ――そんなことを考えた隼人の眉間《みけん》に皺《しわ》が寄った。

「なぁ春希、いったん引き返さないか？　行くにしても色々準備してさ」

「うーん、確かに……って、アレ！　アレだよ、アレ見て！」

「あれは……」

丁度そんな提案をした時のことだった。

春希の指差す先にはうっすらとどこか記憶に引っかかりのある、大きなウロがある木。とても大きな木だった。ウロは目線よりも随分上で、2階の窓くらいの高さだろうか？

「アレだけ確認してくるね！」

「おい、ちょっ……猿かよ」

「隼人ーっ！　聞こえてるからねーっ！」

春希は言うや否や、隼人の制止する声も聞かず駆け出していく。木を登る姿は、ブランクを感じさせない鮮やかなもの。幼い頃とは違う長い髪を尻尾《しっぽ》のように揺らし、するすると登っていく。

かつてあの程度のモノはよく登った記憶もあり、大丈夫だと頭では分かっている。だけど、どうしてもハラハラとしてしまう。

それに昔なら何も考えず、隼人も春希と一緒になって登っていたことだろう。

やがてウロに到達した春希は「あ！」と声を上げた。

「いた、いたよ、ミヤマ！」

どうやら目当てのものが居たらしい。後ろ姿がソワソワしているのが分かる。

さてどうしたものか……隼人が逡巡《しゅんじゅん》していると、小さな影が木に飛びついた。

「ミヤマ、見たい！」

「「心太⁉」」

隼人と沙紀の声が重なる。

普段の心太からは考えられない、随分と大胆な行動だった。

心太は春希を真似て、思ったよりも身軽な様子でどんどん登っていく。

木登り自体、初めてなのだろう。

手足の運び方は拙《つたな》く、今度はそちらのほうにハラハラとしてしまう。

「心太くん危ないよ⁉　の、登るときは手足を3ヶ所引っかけるように意識して⁉」

2人の声で心太に気付いた春希は、驚きつつも木登りのポイントをアドバイス。

見守ることしかできない。

だけど、すごくいい笑顔をしている心太を見れば、止めるなんてことは出来やしない。

「知らなかった……あの子、あんなに……」

「俺も……意外だったな……」

妙な既視感があった。

思い重ねるのはかつての自分《はやと》。

（そういえば……）

かつて春希が引っ越した後、1人だとどうやって遊んでいいか分からなくなったことを思い出す。たとえ同じことをしたとしても、1人だと空虚になったのを覚えている。

きっと心太は、皆で集まって遊ぶのは初めてだったのだろう。

だからこそ、はしゃいでしまっているに違いない。

そして躊躇《ためら》いなく木に飛びついた心太に、眩《まぶ》しそうに目を細めた時のことだった。

「っ⁉」

「し、心太⁉」

「危ねっ！　——痛ーっ……」

ウロの近くまで登った心太が、油断からか足を滑らせた。

咄嗟に木の下に居た隼人が受け止めたものの、ドスンと地面に強く打ち付けられてしまう。

「心太っ⁉　お、お兄さんも大丈夫ですか⁉」

「俺は別にこれくらい、なんとも……はは、それに心太はまだちっこくて軽いしな」

「え……あ……」

「もう、なにやってるのよ、心太！」

血相を変えて駆け寄ってきた沙紀が、瞳を潤ませながら叱りつける。だが心太はといえば、この状況に理解が追い付かず、オロオロとするばかり。目じりに涙が溜《た》まっていく。

「村尾さん、落ち着いて。俺も子供の頃よく木から落ちたし。心太もケガはないよな？」

「う、うん……」

「で、でもお兄さん……っ」

「よっ、と！」

「春希!?」「春希さん!?」「はるねーちゃ!?」

その時、春希が掛け声と共に木から飛び降りてきた。

そしてこれくらい何でもないよとばかりに、にししと笑う。いきなりの行動だった。

隼人は呆《あき》れつつも「やっぱ猿かよ」と呟《つぶや》けば、春希はムッと不満気な視線を一瞬寄越すも、村尾従姉弟《いとこ》の間に割って入り、いきなりくしゃくしゃと心太の頭を掻《か》き混ぜた。

「お、心太くん、えらいえらい！　落ちたのに泣かなかったのはすごいねー、隼人なんてカブト逃がして大泣きしたことなんてあるし！」

「はるねーちゃ？」

「ちょ、おい、春希！　それ一体いつの、どの話だ!?」

「え、お兄さん、大泣き……？」

「む、村尾さんも信じないでくれ」

「うひひ」

いきなり過去のことを暴露され、赤面する隼人。その様子を見て目をぱちくりとさせる沙紀。呆気《あっけ》に取られているのは心太も同じだった。

だけど春希は無邪気な笑みをうかべ、心太に捕まえたミヤマクワガタを握らせる。

「そんなえらい心太くんには、このミヤマを進呈しよう」

「え、いいの⁉　はるねーちゃが捕まえたやつなのに⁉」

「いーのいーの、都会に連れて帰るのもちょっと厳しいだろうしね」

「あ、あり――ぁ」

返事の代わりに、きゅうっと可愛らしい腹の音が響く。恥ずかしそうにする心太を中心に、くすくすと笑い声が零《こぼ》れ広がっていく。そしてジト目の隼人に気付いた春希は、悪戯《いたずら》っぽい笑みを浮かべちろりとピンクの舌先を見せた。

幼い頃から見慣れたはずの笑顔だ。だというのに、ドキリと胸が跳ねる。

「あーその、腹減ったし、とりあえず家に戻るか」

「そうですね、もしかしたら姫ちゃんも起きてるかもだし」

「あ、待ってよ隼人、沙紀ちゃんも。心太くんも行こ？」

「うんっ！」

そして隼人は胸の高鳴りを誤魔化すように、足を家へと向けた。


「ただいま、っと」

まだ薄暗い玄関に隼人の小さな声が吸い込まれ、そして後ろから「おじゃまします」の3つの小声が続いていく。

しかし返事はない。どうやら姫子はまだ起きていないようだった。もっともまだ起きていないという確信があるからこそ、小声だったのだが。

ちなみにカギは掛けずに出掛けていた。月野瀬ではめったにカギまで掛けない。だからこそ春希や沙紀も上がり込めた。

そして隼人はそのままキッチンへ。朝からなんだかんだ結構な距離を歩いたので、お腹も空《す》いてきていた。さて朝食は何にするかと、空腹を抱えながら戸棚を開けて考える。

生憎《あいにく》と引っ越し前にかなり処分したのでロクなものが残っていない。あるのは塩、砂糖、胡椒《こしょう》に油類といった日持ちのする調味料、それにいくつかのインスタント食品に缶詰といった備蓄用のものばかり。それと、昨日沙紀からもらった源《げん》じいさん家《ち》の夏野菜。

腕を組み、う〜ん、と唸《うな》る。すると、背後から恐る恐るといった声をかけられた。

「あ、あの〜、お手伝いできること、ありませんか？」

「村尾さん？」

沙紀だった。隼人は意外な相手に驚きつつもちらりとリビングに視線をやれば、虫かごの中のミヤマを真剣な様子で眺める春希と心太。姫子はまだ寝ていることもあり、きっと手持ち無沙汰《ぶさた》になってしまったのだろう。

苦笑しつつ沙紀へ向き直る。今日の沙紀は昨日に引き続き、見慣れた中学の制服や巫女《みこ》服姿でなく、上品なデザインのフリルスリーブのカットソーに膝《ひざ》がすっぽり隠れるミモレ丈のチュールスカート。色素の薄い沙紀を大人っぽく演出している。

決して肌面積が多いわけじゃないが、新鮮な印象もあってドキリとしてしまう。

おそらく姫子が月野瀬に帰ってくるこの日のために誂《あつら》えたものなのだろう。

まだ真新しいとわかるそれを朝食の準備で汚すことが躊躇われ、そういえば姫子が調理実習で使うエプロンはどこだっけと思い巡らせたところで、今朝のメニューが閃《ひらめ》いた。

「わかった、まず野菜を洗って切ってもらって……その前に留守にしていたから、一応お皿も洗った方がいいかな？」

「はい！」

そして一緒に調理を開始する。

ナスはまず縦に半分に切ってから半月切り、きゅうりは小口切りにしたものをボウルに入れて塩を揉《も》み込む。しんなりしたら水気を絞り、汁を切った鯖《さば》の水煮缶をごま油で和《あ》えていく。

そこへ乱切りにしたトマト、そして湯がいたオクラと千切りにした大葉を散らせば、夏の暑い朝でも食の進む、鯖と夏野菜のさっぱりサラダの完成だ。わさび醤油《じょうゆ》をかけても美味しいだろう。

これだけでは物足りないので、月野瀬に戻る際自分たち用にと駅構内で買ったバナナをスポンジケーキで包んだお菓子を、バターを塗ったアルミホイルに並べトースターで焼いていく。

するとたちまち甘い匂いが広がっていき、リビングからは2つのくぅ、という可愛らしい腹の音が聞こえてきた。隼人と沙紀は顔を見合わせ笑い合う。

そして匂いに釣られたのは春希と心太だけではないようで、とてとてと階段を下りてくる音も聞こえてくる。

「おにぃ、お腹すいた～……って、どうしてみんないるの⁉」

リビングにやって来るなり、驚いた姫子の寝癖の髪がぴょこんと跳ねた。


皆で朝食をリビングのローテーブルで囲みつつ、姫子はジト目で文句を垂れていた。

「まったくもー！　朝から皆来ていて驚いたというか一言欲しかったというか……どうせはるちゃんの思いつきの行動でしょー⁉」

「な、7年ぶりでテンションが上がってしまいまして……」

姫子はぷりぷりと不機嫌さを隠そうとしていない。

しかしそれは怒っているというより、仲間外れにされて拗《す》ねているといった様子だ。

今も姫子は「別に虫捕りは興味ないけどさ」といじけている。

「ひ、ひめちゃんを起こすのもアレだと思って……」

「そうだけど～～っ！」

　隼人は春希が必死に姫子を宥《なだ》めようとする様子に呆れながらも、それに我関せずといった様子で朝食を摂《と》っていた。するとそんな隼人の態度が気に入らなかったのか、こちらに気付いた姫子が唇を尖《とが》らせ、咎《とが》めるような声を向ける。

「おにぃもちゃんとはるちゃんの手綱を握——ってその肘《ひじ》のとこどうしたの⁉」

「ん？　なんだこれ？　……どっかで擦りむいたか？」

　姫子は思わず身を乗り出し、隼人の肘に出来た擦り傷を指差す。

　500円玉硬貨2つ並べたくらいの広さに亘《わた》って赤黒くなっており、見た目にも痛々しく映る。しかし見た目ほど痛いというわけでなく、隼人自身も今気付いたくらいだ。どうやら心太を助けた際に出来てしまったものらしい。

「ちょっとおにぃ、それ大丈夫なの？」

「わ、隼人、これはなかなかの傷だね」

「まぁ大丈夫だろ。唾《つば》でもつけとけばそのうち——」

「ダメです！」

　この程度大したことはない——そう伝えようとして、沙紀の大きな声に遮られた。

　どちらかといえば普段おっとりしている彼女からは考えられない機敏さと強引さで、たちまちキッチンへと連れていかれ傷口を洗い流される。さすがの隼人も動揺を隠せない。

「む、村尾さん？　その、大丈夫だから……」

「大丈夫に見えません！　もぉ～、ちゃんとこちらに傷口を見せてください～！」

「あ、はい」

沙紀は有無を言わさなかった。傷口を洗い流した後はサッとハンカチで水気をふき取り、そしてポーチから取り出した携帯用の消毒液と軟膏《なんこう》で手当てしていく。

随分と用意が良かった。

そして意外な姿だった。

「すいません、心太のせいで……」

「……ぁ」

しかしその言葉で色々と腑《ふ》に落ちる。

ポーチに仕込まれていた応急手当てキットに、今しがた肘に貼られたデフォルメされた狐の可愛らしいイラストが躍るやたら大きな絆創膏《ばんそうこう》。それらは本来、誰のために用意したモノなのか。

隼人は沙紀の新たな一面を知り、口元を綻《ほころ》ばせていく。

「はい、絆創膏は小まめに取り換えてくださいね」

「あーその、ありがと、うん」

「いえ、これくらい……」

「村尾さんって、お姉さんなんだな」

「ふぇ？」

お姉さん。隼人のその言葉の意味が分からず、沙紀は目をぱちくりとさせる。

隼人がにっこりと微笑みリビングで朝食を頬張る心太に目を向ければ、沙紀はたちまちその顔を赤くしていく。

少し強引で、誰かを支えるように世話を焼く――それは沙紀の従姉《あね》としての姿であり、隼人にとって微笑ましくも同じ弟妹を持つ年長者として、親近感が湧くものでもあった。

「なるほど、だからしっかりしているのか」

「え⁉　あ、いや、そのぅ～っ！」

沙紀は隼人に向けられた目をどう受け取っていいか分からず、大きな声であたふたとしてしまう。するとその声に気付いた春希と姫子が、怪訝《けげん》な表情でキッチンに顔を出した。

「隼人なにやってんの？　沙紀ちゃんにイタズラでもした？」

「おにぃ、もしかしてまた沙紀ちゃんを口説いたとか？　……引くんだけど」

「違《ちげ》ぇよ。春希と姫子と違って、村尾さんは女子力高いねって言っただけだ」

「ちょっと、おにぃ！　女子力壊滅的なはるちゃんとあたしを一緒にしないで！」

「ひめちゃん⁉　いやでも隼人、人には比べていい分野と悪い分野があるよ⁉」

「あ、あうぅ……」

そして繰り広げられるいつものやりとりに、沙紀も巻き込まれる。

1人蚊帳《かや》の外でその様子を見ていた心太は、困った顔で虫かごのミヤマのハサミに向かって話しかけていた。

「……ジョシリョク？」

朝食後、食器の片づけを済ませてお茶を飲みながら一息吐いていると、突如春希が「はい！」とばかりに手を上げた。

「川に行こう！」

「川？」

「うん、川に魚捕まえに行こうよ。ほら、これ！」

「それは……いつの間に作ったんだ」

「沙紀ちゃん家《ち》で昨日のうちに？」

「虫捕りだけじゃなかったのか……」

そして春希がどこからともなく取り出したのは、隼人も昔よく作った2リットル入りペットボトルの魚捕りの仕掛け。

ペットボトルの蓋《ふた》の部分を切り取って逆さまにして取り付けなおし、中へ入るのは簡単だけど出るのは難しくした、お手製のいわゆるセルビンといわれる仕掛けだ。

もちろん、魚を誘い寄せる餌の匂いが拡散するよう、中にいくつかの穴を空けている。

「エサ団子も、作った！」

「心太もか」

ちゃっかり自分の分の仕掛けを持った心太も、鼻息荒くしながら春希の隣にやってきてハイタッチなんかしている。その期待に満ちた姿を見せられれば、否とは答えにくい。

隼人と視線が合った沙紀も苦笑いをしている。

「ん〜、はるちゃんたちは川かぁ……じゃ、うちらはどうしよっか、沙紀ちゃん？」

「ふぇ？」

その時、姫子が伸びをしながら欠伸《あくび》混じりにそんな言葉を零《こぼ》す。

話の水を向けられた沙紀は、えっ、とばかりに目をぱちくりさせる。

そして春希は不思議そうな声色で姫子に言葉を返す。

「あれ、ひめちゃんたち来ないの？」

「川ってあれでしょ、昔おにぃとよく遊んでたところでしょ？　近くに木陰ないし、暑いだろうし、日に焼けちゃうだろうし、まぁ心太くんもはるちゃんだけじゃなくておにぃもいるから大丈夫だよね、沙紀ちゃん？」

「え、いやその……」

姫子は露骨に嫌そうな顔で行きたくない理由を挙げていく。

沙紀はどうしたものかと視線を姫子と春希の間で彷徨《さまよ》わせる。

心太はといえば既に興味は川なのか、仕掛けとエサのチェックを入念にしているのみ。

するとその様子を目にした春希は、姫子に向かって肩をすくめ、やれやれといった様子で首を振った。

「わかってないね、ひめちゃんは」

「は？　どういうこと、はるちゃん？」

あからさまな挑発に、姫子はムッと眉《まゆ》を顰《ひそ》める。

そして春希はより一層残念そうな表情を作り、姫子を煽《あお》るかのような声色で告げる。

「アウトドアレジャー」

「っ⁉」

「そう、ボクたちが今から赴くのは都会に居ては絶対体験できない、アウトドアレジャーなんだよ？」

「っ⁉　え、いやでも……」

「ひめちゃん、身近過ぎて気付いてないのかなぁ？　別に罠《わな》を仕掛けて魚を捕まえるだけが川でのアクティビティじゃないでしょ？」

「そっ、そうだけど……」

「渓流を楽しむキャニオニングにシャワークライミング、ちょっと山の方にまでいけば深いところでダイブも出来るよね？　ほかにもフィッシングレジャーで釣り上げたイワナやヤマメでバーベキューなんて、都会の人が憧《あこが》れるエモさがあるだろうなぁ」

「きゃ、きゃにおにんぐにしゃわーくらいみんぐ、憧れにエモい⁉　……うん、確かに休み明けに何をしたかの話のネタになるかな……ね、ね、沙紀ちゃん⁉」

「あ、あはは……」

姫子はキャニオニング等という聞き慣れない単語と、自慢やエモさがどうのという言葉を聞いて、途端に目を輝かせてそわそわしだす。

同意を求められた沙紀は、親友の手のひら返しの態度に乾いた笑みを零しつつも、いつもの姫子らしいやという声色も滲《にじ》ませていた。

そして春希はドヤ顔で片目を瞑《つむ》り、グッと親指を立てる。

隼人はガリガリと頭を掻《か》き、ジト目で呟《つぶや》く。

「それ、沢の方で岩場に上ったり飛び込んだり、釣りをするだけだろ……」

すると春希は、茶目っ気たっぷりに片目を瞑り、チラリとピンクの舌先を見せるのだった。

霧島《きりしま》家を後にした隼人たちは、あまり整備されていない険道《県道》と山際の間を流れる川を横目に、上流に向かって歩く。

都会の住宅街の道ほどの川の水幅で流れは緩く、深さも膝《ひざ》が浸《つ》かることはない。小川や沢と言っていいような規模で、山向こうにある大きな川へと流れ込む支流の1つだ。

　午前中とはいえ真夏の陽射しは強く、ジリジリと肌を焼く。

　暑さから皆、額には玉のような汗を浮かべている。

　だけど誰しも、うきうきと足取りが軽い。他愛もない話に花が咲く。

「そういや沙紀ちゃん、この間おにぃと回転寿司《ずし》に行ってきたよ」

「回転寿司⁉　それってあの、回るお寿司屋さんの～⁉」

「すごかったよ……お寿司の種類だけじゃなくサイドメニューもすごく充実しててさ、フライドポテトにから揚げにケーキ……正にフルコースだったね……」

「うわぁ、お寿司のフルコース！　……姫子ちゃん、もうすっかり都会の女だね……」

「むっ、お寿司⁉　隼人、ボクに内緒で一体いつ行ったのさ！」

「この間のテスト期間中にだよ。さすがに毎日作る余裕がなくてな」

「はるちゃん、さすがにテスト期間中はあまりうちに来てなかったからねー」

「ぐぬぬ……」

　ちなみに姫子の好みはまぐろ、サーモン、えび、玉子と完全にお子様舌である。

　そうこうしているうちに、やがて川が大きく弧を描く場所が見えてきた。

　ここだけカーブの為なのか川の水幅も広くなっており、その内側には石がたくさん転がる体育館ほどの広さの河原が広がっている。月野瀬の住人にも人気の、アウトドアの拠点にもってこいの場所だ。今回の目的地である。

その時、川向こうの山からサァッと風が吹いた。水気を含んだ風は冷たく、たちまち隼人たちの身体に籠《こ》もった熱を奪い汗が引く。心地よさからスゥっと目を細める。

「うわぁ、懐かしい！　ここも変わってないねーっ！」

「あ、おい春希！」

7年ぶりの遊び場に目を輝かせ感極まった春希は、一目散に川辺に駆け寄り、その勢いのまま拾った石を水面に向かって投げつけた。

ぴちょんぴちょんと音を立て波紋を作りながら、水面を跳ねること軽く10段以上。

春希はふふんと鼻息荒く、ドヤ顔で振り返る。

どうやら腕は落ちていないと言いたいらしい。

「まぁね、ブランクあってもこれくらいはね？」

「お？　じゃあ俺が手本を見せてやろうか？」

「むっ⁉」

それを挑戦と受け取った隼人は、落ち着いた様子でしかし自信ありげな様子で石を川へと滑らした。こちらもぴちょんぴちょんと春希に負けず劣らず、しかし少しばかり勢いよく跳ねていく。

傍《はた》から見れば段数はほぼ互角。しかし隼人は得意気な笑みを春希に返す。

春希の顔がぐぬぬと悔しそうに歪《ゆが》み、唸《うな》り声を上げる。

「俺も久々だったけど、2段多いな？」

「い、今のはただの肩慣らしだっただけだしぃ？　見ててよ、ボクの本気に腰抜かさないでよね！」

「お？　言ったな、ラムネでも賭《か》けるか？」

「ふふんっ、じょーとーっ！」

そしていきなり始まる水切り勝負。隼人と春希は交互に川へ石を投げ込みあい、ぴょんぴょんと水面に生き物のように躍らせる。

調子を取り戻したのか、お互い跳ねる段数もどんどん増えていく。

川のせせらぎと水面を叩《たた》く軽快な音がリズムを刻み、勝負は白熱していく。

「ほら、今のはボクの方が1段多く跳ねてる！」

「あぁ、そうだな。でも距離は全部俺の方が圧倒的に遠くまで跳ねてるな」

「ぐぎぎ……」

「あっはっは！」

「もーっ！　おにぃもはるちゃんもなにやってんの！」

「「っ⁉」」

我を取り戻した姫子は、大声で2人にツッコんだ。

腰に手を当て仁王立ち、隣の沙紀は苦笑い。

隼人と春希もバツの悪い顔で目を泳がせる。

何とも言えない少し不穏な空気を、突如ドボン、ドボンという水音が切り裂いた。

「えいっ！　むぅ〜〜っ、えいっ！」

音の鳴る方へ視線を向ければ、川に向かって石を投げる心太。どうやら春希と隼人の水切りに感化されたらしい。

しかしオーバースローで投げられる石は水面を跳ねることなく、そのまま虚《むな》しく川底へ沈んでいくのみ。心太も顔をしかめている。

そこへ隼人が石を拾い、話しかけた。

「心太、石はなるべくこういう平べったいのを選ぶんだ。指が引っ掛かるように角ばってる方がいい。それから投げる時は水面に平行になるように、回転を意識して……こんな風に、なっ！」

「っ!?　え、えーと、こう…………………わぁっ！」

コツを教え、手本を見せた隼人に倣い、心太が改めて川へと石を投げ入れる。

すると今度は先ほどまでと違い、ぴちょんぴちょんと2回、石が跳ねた。

回数はたった2回。隼人と春希には遠く及ばない。

だけど、確かに跳ねた。

「なるべく低い位置から投げるのもいいぞ。こうやって片膝《かたひざ》をついてな。やってみ？」

「こうやって、えい！　……わ、わぁ〜っ！」

「お、すごいぞ心太」

「は、跳ねた！　いっぱい！　跳んだ！」

そして今度は4回跳ねる。心太は歓声と共に両手を上げ、全身を使ってはしゃぐ。

沙紀がその様子に目を細めて微笑ましく見守っていると、いつの間にか傍にやってきた春希がくいっと手を引いた。

「沙紀ちゃんもやってみようよ」

「ふぇ!?　あ、そのぅ、私は……」

「……隼人ってさ、見ての通り教えるの上手《うま》いんだ。ボクも昔、教えてもらったしね」

「え……あ……はいっ！」

春希の意図を汲《く》み取った沙紀は春希に手を引かれ駆け出す。

「あ、はるちゃんに沙紀ちゃん！　待ってよ、もぉーっ！」

1人残されそうになった姫子は、不承不承といった表情で慌てて2人の後を追った。

いつの間にか水切り大会が始まっていた。

特に熱中しているのは心太、……それと姫子。

「見た、今の見た⁉　ちゃんと7段跳ねたよね！　ふふん、あたしのほうが先だったね！」

「むぅ、6段が大きなかべ……」

「ひ、姫ちゃんそこで飛び跳ねると危ないよ～！　心太も勝手に1人で遠くに石を探しに行かないで～！」

　沙紀の心配の声もよそに、姫子も心太も投げ方を工夫すればするほど跳ねる段数が増えていくことが面白いのか、夢中になって投げ込んでいる。

　ちなみに沙紀の段数はといえば、人には向き不向きがあるというのがよく理解できる投げ様だった。どうやら逆上がりが出来ない程度の運動神経保持者らしい。

「わ！　いった、7回いった、跳ねた！　ねね、見てたひめねーちゃ！」

「おぉ、心太くんもなかなかやるね。あたしも負けてらんない、次は10段目指すよ！　それにしても　Stone Skimming、奥が深いわね……」

「すとーすきみー？」

「Stone Skimming　よ、心太くん」

「あ、あははは……」

　やたら流暢《りゅうちょう》な発音で心太にドヤ顔を向ける姫子。その様子をすぐ傍にいる沙紀だけでなく、少し離れたところにいる隼人と春希も苦笑いを零《こぼ》しながら眺めている。

「ね、隼人」

「うん？」

「ボクさ、時々本気で姫ちゃんの将来が心配になる時があるんだ……」

「……奇遇だな、俺もだ」

ちなみに姫子が水切りを始めたきっかけは、春希の『これ、スコットランドでは Stone Skimmingといって、世界大会も開かれてる水辺のレジャースポーツなのにやらないの？』という、どこで知ったんだトリビアからの挑発である。相変わらず姫子はチョロい。

そして隼人はふと思い出したことを尋ねた。

「そういや魚の仕掛け、どうするんだ？」

「あー、心太くん水切りに夢中になってるもんね……んー、いくつかあるから自分の分だけ先に仕掛けようか？　一応、声だけ掛けとくね。おーい――」

「おう、頼んだ」

春希が姫子たちのところへ行くのを見送った隼人は、一足先にビーチサンダルを履いたまま川へと入る。

「冷たっ⁉」

脛《すね》まで浸かる川の水は想像以上にひんやりとしており、思わず声を上げてしまう。

しかし8月の暑気に当てられ身体に籠もっていた熱が足先から川へと溶けていけば、心地よさから目を細めた。

そして涼を一息堪能《たんのう》したのち、川底の様子を窺《うかが》い仕掛けを置くのにちょうどいい場所を探し、そして石を動かして流されないようにするための場を整える。結構な重労働だ。

一通り仕掛けを置く準備を終え、ふぅっと一息吐きながら額から流れる汗を手の甲で拭《ぬぐ》っていると、控えめな声を掛けられた。

「お、お兄さん、私も手伝いますーっ！」

「村尾さん？　あれ、春希は？」

「あ、あはは……」

片手を上げながら、こちらの方へと向かってくる沙紀の姿。その背後では姫子と心太におだてられたのか、意気揚々と石を投げている春希。まったくもってミイラ取りがミイラである。どうやら沙紀は向こうであぶれてしまったらしい。隼人も苦笑を零す。

そして川辺でミュールサンダルを脱ぎ、スカートの裾《すそ》を持ち上げ水の中へ入ろうとしたので、隼人は慌てて声を上げ制止した。

「待って、村尾さん！　危ないっ！」

「ふぇ？　あ……きゃっ⁉」

「くっ……間に合えっ！」

川の流れは緩く、水深も浅い。

だから沙紀もミュールサンダルが濡《ぬ》れないよう、ちょっと素足でと思ったのだろう。

しかし川底は存外に危険である。尖《とが》った石やガラスの破片があるかもしれないし、平たいところを歩いていたとしても、藻などのおかげでぬるぬるしていて滑りやすい。

案の定沙紀もぬるりとした藻を踏み盛大にバランスを崩してしまい、間一髪のところで隼人が腕を引いて抱き寄せた。

「ふぅ……大丈夫か、村尾さん？」

「え、あ、いやその……っ⁉」

「っ⁉ だ、大丈夫だから落ち着いてしっかり掴まってくれ」

「で、でもこれ近っ、抱……っ⁉」

沙紀はすっぽりと隼人の腕の中に収まってしまっていた。想い人に抱かれるような形になり、沙紀の頭は一瞬にして沸騰してしまう。

すると必然、羞恥《しゅうち》からあたふたと混乱して離れようと藻搔《もが》く。

さすがの隼人も足場が悪いこともあって、バランスを崩してしまう。

「痛ーっ！」

「きゃっ⁉」

ドボン、と大きな水音が上がる。

被害を最小限に抑えようと自分から倒れ込んだ隼人は、川底に尻《しり》もちをついていた。

沙紀も一緒に倒れ込んだものの、濡れないよう隼人に脇の下から持ち上げられ膝《ひざ》をつき、たくし上げたスカートの裾の方が濡れるだけで済んでいる。一方隼人はシャツの半分までが水に濡れており、ハーフパンツに至っては下着までびしょ濡れだろう。

沙紀は何が起こったのか状況をうまく把握できず、しかし慌てて身を離し、目をぱちくりさせ固まるばかり。

川で尻もちをつく隼人と沙紀が見つめ合う。何ともおかしな光景だった。

すると、隼人はふいに可笑《おか》しくてたまらないとばかりに笑い声を上げた。

「あはっ、あははははははははっ！」

「お、お兄さんっ⁉」

「お姉さんでしっかりしていると思ったら、村尾さんにもこんなおっちょこちょいなところがあると思うとさ」

「あうぅ～……」

想い人から揶揄《からか》い混じりの声色で笑われれば、沙紀は顔を赤くして縮こまってしまう。

そんな沙紀の反応を見た隼人は、少し弄《いじ》り過ぎたかなとバツの悪い顔で立ち上がる。

「あーその、ごめん。ケガとかないか？」

「え、あ、はい、それはおかげさまで」

「そっか。それはよかった」

そしてにこりと笑って手を差し出す。

沙紀は一瞬その意味が分からず、摑《つか》んでいいものかどうか視線が隼人の手と顔を行ったり来たり。苦笑した隼人が促すように手をさらに伸ばせば、沙紀も恐る恐る手を取ろうとして――

「……隼人、鼻の下伸びてる」

「っ、冷たっ⁉」

「ひゃっ⁉」

パシャッと隼人の顔に水が勢いよくかけられた。

驚いて水が飛んできた方へと視線を向ければ、どこか懐かしい竹製の水鉄砲を手に持つ春希。そして無言のままむすっとした表情で、ピシャピシャと顔へ向けて発射してくる。

いきなりのことだった。状況はよくわからない。

だけどされるがままの隼人ではない。

「この、やったなーっ！」

「へへん、届かないよーっだ！」

川の水を両手ですくってかけようとするものの、ひらりと躱《かわ》され河原へと距離を取られる。そのままお返しとばかりにアウトレンジから反撃される。

「これならどうだ！」

「むっ⁉」

しかし隼人も器用に手のひらで水の弾を作り、オーバースローで投げつけた。

散弾銃の如く水を飛び散らせる隼人。距離を取りライフルのように狙い定めて撃つ春希。

一進一退の攻防だった。しかし均衡はすぐに崩れていく。

すぐ足元で弾《水》を補充できる隼人と、出来ない春希。

竹筒水鉄砲はあまり時間を置かずに弾《水》切れを起こす。

発射されない武器をみた隼人がにやりと笑う。しかし春希もにやりと笑い返した。

「心太隊員、ボクが水を補給するまで隼人の足止めを頼む！」

「いえす、まむ！　えーいっ！」

「うおっ⁉」

突如背後に現れた心太に、ピシャリと水を掛けられ驚く。

振り向けば春希と同じ竹筒水鉄砲を装備した心太の姿。

隼人が虚を衝かれている隙に、春希も手早く弾《水》の補給を終え、攻撃に戻る。

武器をもった2人がかりによって、隼人もじりじりと追い詰められていく。

「ふふ、年貢の納め時だね、隼人」

「かくごっ！」

「くっ、このままじゃ……ってあれは！」

ふと河原に置かれた仕掛けなどを入れてきた心太のリュックから、予備と思《おぼ》しき竹筒水鉄砲が飛び出しているのが目に入った。隼人がほくそ笑む。

その視線と笑みの意味に気付いた春希が叫ぶ。

「あ、武器に気付かれたぞ！　死守しろ心太隊員、打てーっ！　打ちまくれーっ！」

「えいっ、えーいっ！」

「ははっ、得物があればこっちだって……っ！」

川を飛び出し一直線にリュックへと向かう隼人。

それを阻止しようと一心不乱、四方八方に水の弾幕を作る春希と心太。

緊迫した空気が流れる。ここ一番の局面だった。

「…………ぁ」

「え……ぅ……ぁ……」

「ひ、姫子……」

だがそれは突如終わりを迎えた。

「……はるちゃん？　心太くん？　おにぃさま？」

地の底から響いてくるような声を絞り出すのは、水の弾幕の餌食になった姫子。

頭から足の先までびしょ濡れになっており、髪も服も台無しだ。

そしてふふふと昏《くら》い笑みを零し、カツカツとリュックにまで歩いて武器を手に取れば、
隼人と春希と心太はぞくりと背筋を震わせ後ずさった。

「し、心太隊員、隼人を壁にして全力で転身、逃げるよ！」

「あ、あいさーっ！」

「おい、ちょっ、春希ーっ、心太ーっ⁉」

ぐぐいと2人に背中を押された隼人が前につんのめってたたらを踏めば、目の前には鬼のような形相の妹の姿。

春希と心太は一目散に逃げてしまっている。

隼人もたまったものじゃないと慌てて背を向けて逃げ出す。

「こらーっ、待てーっ！」

そして姫子の怒鳴り声を皮切りに鬼ごっこが始まるのだった。

その様子をぽかんと見ていた沙紀であったが、きゃいきゃい叫ぶ皆の声を聞いているうちにどうしてか笑いが込み上げてきた。先ほどの隼人のように。

気付けば走り出していた。どこか笑みを浮かべている皆のもとへ。

「姫ちゃ～ん、春希さ～ん、お兄さ～ん、心太～、みんな待ってください～っ！」

真夏の燦々《さんさん》と輝く太陽の下、パシャパシャという水音が響いている。

あたり一面には蟬時雨《せみしぐれ》と吹き下ろす風。

5つの笑い声が大きく蒼《あお》い空へと吸い込まれていくのだった。

太陽が真上から降り注ぐ日盛り。月野瀬川沿いの生活道路。

そこにぽたぽたと水滴の足跡が作られている。

皆、程度の差はあれ服が濡れるのも厭《いと》わず、川を遊び倒していた。

「いやぁ、たまにはびしょ濡れになるまで川遊びするのもいいもんだね！」

「つめたくて、きもちよかった！」

「もう、はるちゃんってば川の中程まで入っていくからびっくりしたよ！」

からからと笑いながら話に花が咲く。

川で尻もちついた隼人以外で、特にびしょ濡れなのは春希。

シャツがぴったりと身体に貼り付いてしまっており、その少女らしい線や下に着ているキャミソールなんかも浮かび上がってしまっている。

さすがに隼人にとって目に毒だったので、何か言おうとして――やめた。代わりに熱を持った頭をガリガリと掻く。陽射しは強く、このままでもじきに乾くだろう。

来た道を戻りながら話すのは、仕掛けにかかっていた獲物のこと。

「それにしても、魚は全然捕れなかったねー、隼人」

「あれだけ仕掛けの傍でばしゃばしゃ騒げば、魚も警戒してやって来ないだろうよ」

「そういやここってアユやヤマメ、釣れなかったっけ？」

「いるけど数少ないぞ。狙うなら山向こうの遊漁区行った方がいい」

「あそこは遠いし有料だからねぇ……ま、別に何も引っ掛からなかったわけじゃないし？」

そして春希と隼人は心太が熱心に見つめている仕掛けのペットボトルへ視線を移す。

中にいるのは親指くらいの大きさのサワガニが十数匹。唯一罠《わな》に掛かっていた獲物だ。

活発に動きまわるもの、大人しくジッとしているもの、こちらの顔を見てハサミを上げて威嚇するものと、見ていてなかなかにどれもが個性的だ。ほっこりして口元も緩む。

「うんうん、サワガニもいいよね！」

「そうだな、活《い》きもいいし、まずは一晩真水に浸けて泥を吐かせないとな」

「でもおにぃ、これくらいの数だとせいぜい1人前のおやつくらいにしかならないんじゃない？」

「ちょ、隼人にひめちゃん、サワガニ食べるの⁉」

「「……えっ？」」

春希の驚く声に、霧島兄妹《きょうだい》のぽかんとした声が続く。

互いに顔を見合わせ、一瞬沈黙が流れる。

そして春希は信じられないとばかりに心太の傍に駆け寄り、仕掛けの中にいるサワガニを見つめながら同意を求めるかのように言葉を紡ぐ。

「こんなにちっさくてかわいい子たちを食べるなんて、ひどいこと言うよねー……ね、心太くん？」

「サワガニのから揚げ、さくさくかりかりで好き」

「心太くんっ⁉」

しかし心太からの返事に、春希が固まる。

そしてまさかという面持ちで沙紀へと視線を移せば、困った顔が返ってくるのみ。

「宴会でもビールのお供として人気です……」

「沙紀ちゃんまで⁉」

どうやら月野瀬でサワガニは人気の食材らしい。

頭を抱える春希以外から、あははと色々誤魔化すような笑いが広がる。

そして食べ物の話をしていたせいか、誰かのくぅっというお腹の音が鳴った。もうお昼時だ。

「おにぃ、お腹減ったー。お昼どうする？」

「何にしようか……どちらにせよ買い出しに行かないとだなぁ」

「あ、そういえば！　隼人、結構前にバーベキューでの炭起こしの裏技あるって言ってたよね？　気になるんだけど！」

「わぁ、ばーべきゅー！」

「おにぃ、あたし葉っぱまみれにして焼いたりヨーグルトであれこれしたチキン食べたい！　コンロとか出すよー！」

「ぼ、ボクに出来ることは何でも言ってよ！」

「ばーべきゅー、ばーべきゅー！」

　春希と姫子がバーベキューだと騒ぎ始めれば、それまでサワガニにご執心だった心太も嬉々《きき》として話に入ってくる。

　6つの期待に満ちた瞳《ひとみ》を向けられれば、隼人としても否とは言い辛《づら》い。

「今からだと結構時間かかる……って、はいはい、わかったわかった」

「わ、私も手伝います～」

「頼りにしてるよ、村尾さん。ええっとまずは養鶏やってる兼八《けんぱち》さんのところでお肉買って、野菜はいいとしてハーブかぁ……源じいさんがいくつか植えてたはず——うん？」

　その時、目の前の道から白いもこもことした集団が現れた。羊たちだ。その最後尾には源じいさんの姿。

　どこかの空き地の雑草を食べさせてきたのだろうか？　源じいさんのところのメェメェたちは草刈りの代わりに働くことが多い。月野瀬ではよく見られる光景である。

　もっとも、雑草でも結構な好き嫌いをするので、効率については言及してはいけない。なお雑草より野菜の苗の方が好きらしい。グルメである。

「めぇ～～っ！」

「ふぇ？」

そしてこちらに気付いた1頭の羊が大きな鳴き声を1つ。

駆け足で真っすぐに沙紀に向かってやってきて、頭を撫《な》でろと身体を擦《こす》り付けてくる。

「んめぇ〜〜っ！」

「あら？　あらあらあら〜っ？」

「めぇ、んめぇ〜っ」「めぇ〜〜〜っ」「めぇ、めぇ〜〜っ」

「え、え、ちょっと〜っ⁉」

そしてやってきた最初の1頭を皮切りに、他の子もやってきては沙紀を囲む。

やけに身体が大きくてのんびり屋さんの羊が、あわてて皆の後を追う姿も微笑ましい。1頭だけいきなりのことにびっくりした春希は、隼人のシャツの裾《すそ》を掴《つか》んでメェメェたちを指差すも、隼人だけでなく姫子や心太もあははと苦笑いを零《こぼ》すのみ。

「さ、沙紀ちゃん⁉　は、隼人、あれいいの⁉」

「大丈夫だろ、今だって村尾さんだってわかって甘えにいってるくらい賢いし」

「ねーちゃ、いつものこと」

「沙紀ちゃん、妙に懐かれてるんだよねー」

羊の群れの中に放り込まれた形になった沙紀が一生懸命撫で上げれば、「んめぇ〜〜」「めぇ、めぇ〜〜」と気持ちよさそうな声が上がる。

どうやらこれも月野瀬では珍しい光景ではないらしい。

「おーう、霧島の坊、川からの帰りか？　水も滴るいい男に、っていうか悪たれの片棒は色っぺぇいい女になってるじゃねぇか、がっはっはっ！」

「みゃっ⁉」

機嫌良さそうに手を上げながらやってきた源じいさんが、濡《ぬ》れネズミになっている隼人と春希をみて笑い声を上げる。

源じいさんの指摘で初めて自らの姿の状態に気付いた春希は、一瞬にして顔を真っ赤にしつつ、胸を見られないよう自分を掻《か》き抱いて縮こまった。

それを見た姫子は呆《あき》れた様子のため息を吐き、心太はきょとんと首を傾げ、隼人は眉間《みけん》に複雑な皺《しわ》を刻みつつ、この何とも言い難い心境を誤魔化すように話題を振った。

「あーその、源じいさんのとこでタイムとかローズマリーとか植えてなかったっけ？」

「うん？　おぅ、数は少ないけどあるぜ。それが？」

「分けて欲しいんだ。バーベキューに使おうって話になってな」

「バーベキュー？　あぁなるほど、夏だし皆揃ってるもんなぁ。ってことは肉も要るだろ、兼八さんにも俺から連絡入れといてやろうか？」

源じいさんが揶揄《からか》うような声でスマホを取り出し隼人に見せてくる。

しかし隼人はふふんと鼻を鳴らし、そうはいくかとばかりに自分のスマホを取り出し、芝居がかった残念そうな言葉を返す。

「そうだなぁ、こっちから連絡してもいいんだけど、兼八さんの番号知らないからなぁ。源じいさん、頼める？」

「お？　なんでぇ、ついにスマホ買ったのか」

「……さすがに都会じゃ持ってないと不便だった」

「がっはっはっ、そうかそうか！」

「そうだよ、聞いてよ源じいさん！　おにぃったらスマホが無いからってね――」

「そうそう、隼人ってば――」

姫子と春希が愚痴るかのように、かつての隼人の失敗談を話し出す。

すると源じいさんのがははという笑い声と、沙紀のくすくすという忍び笑いが零れていく。そして失敗談を2人の口から聞かされた隼人は、バツの悪い顔を作るのだった。


中天の太陽が西の空へと少しばかり傾いた頃。

昼食にするには少しばかり遅い昼下がり。

山の手の少し高いところにある霧島家の庭先はがやがやと賑《にぎ》わい、もくもくと煙を上げていた。隣の誰の所有とも知れない空き地には、いくつかの軽トラと軽自動車、それと自転車が停められている。

「うわ、すごい炎！　沙紀ちゃん今の見た⁉　火柱みたいにぶぁって上がったよね！」

「バラ肉は脂が……ひ、姫ちゃん、早く裏返して～」

「マシュマロ、焼くのたのしい……！」

炭火を起こしたコンロの前では姫子や心太が嬉々としてはしゃぎ、沙紀がはらはらと窘《たしな》めている。

焼かれているのは月野瀬産のトウモロコシやピーマン、玉ねぎ、トマトにエリンギといった野菜類に、猪の肉。じゅうじゅうと焼ける音と炎が舞い、煙を上げて笑い声が響く。

「おーい、ビール追加持ってきてくれーっ！」

「トウモロコシはもういけるんじゃねぇの？」

「焼きトマトはいけるぞ、なんたって生でもいけるからな、がっはっはっ！」

そしてバーベキューに興じるのは何も隼人たちだけではなかった。

あの後、養鶏を営む兼八さんに連絡を取った源じいさんは、頼んでいた野菜とハーブだけでなく、兼八さんとお肉とその他大勢の住人を連れて霧島家にやってきた。もちろん、お酒も一緒に。

隼人も最初は面食らったものの、頼んだ以上の量の食材を持ってきてくれてお代はいいよと言われれば、家計の財布を握る身としては否とは言えない。

むしろ二つ返事で嬉々として受け入れ、こうして真っ昼間から宴会が始められたのだった。娯楽の少ない月野瀬では、こうして宴会の予兆をかぎ取って参加者が勝手に増えていくという、よくある現象である。

「隼人、まだかなまだかな!? すっごく美味《おい》しそうな匂いが漏れてきてるんだけど！」

「あー、そろそろいいかもだな」

そわそわとしている春希の視線の先にあるのは、本日の目玉である2種類のチキン。

少し多めに塩を振り、炭火で皮がパリパリになるまで焼きを入れた後、タイム、バジル、ローズマリーといった摘みたてのフレッシュハーブと一緒にアルミホイルに入れて包み焼きしているグリルハーブチキン。

そして塩胡椒《しおこしょう》、レモン汁を揉《も》み込んで、すりおろした生姜《しょうが》、ニンニクに、クミン、コリアンダー、ターメリック、チリパウダーとヨーグルトを合わせたソースに漬け込んだ後、串《くし》を打ってバターを塗って焼いていくタンドリーチキン。

どちらも香り、見た目的にも申し分なく美味しそうである。

「ううぅ～、どっちももう結構な時間焼いてるよね!?」

「ま、火は通っているだろうし大丈夫だろ。試しに1つ開けてみるか」

「はいはいはい、ボクが開けま――うわぁ！」

言うや否や春希がアルミホイルを開放すると、たちまち濃縮されたハーブとチキンの合わさった強烈に爽《さわ》やかな香りが周囲へと広がっていく。

そして、周囲のお喋《しゃべ》りが止んだ。

それまで騒いでいた皆の興味がグリルハーブチキンに注がれている。どこからともなく、ごくりと喉《のど》を鳴らす音も。正にこの場の主役が現れた瞬間だった。

「っと、まずは切り分けないとな」

「おにぃ、早く早く！」

「お、お兄さん、紙皿はここに用意してます～」

「隼人、ボクの分だけ皆より少なくない!?」

「はいはい慌てるな、いっぱい焼いてあるから」

隼人がチキンを切り分けた傍から春希と姫子が獅子奮迅《ししふんじん》の食欲を発揮して、どんどんと胃袋へと収めていく。２人の勢いに煽《あお》られた心太も、頰をパンパンに膨らませては咽《むせ》て、沙紀から水を貰《もら》って背中をさすってもらっている。

そして、食欲を刺激されたのは彼女たちだけではない。

「おーい隼坊《はやぼう》、こっちにも持ってきてくれーっ」

「ちょっぴり辛いやつの方がいいな、なんたってビールに合う！」

「ちげぇねぇ！」

「がっはっはっ！」

「はいはい、ちょっと待っててくれ」

源じいさんたち大人組も早く食べさせろと急《せ》かしてくる。

隼人は苦笑しながらもテキパキと切り分けていく。

こうやって誰かの世話を焼くのは嫌ではない。習慣になっているところもある。

確かにこういうことは手間だし、大変だ。それでも、おいしい、おかわり、また食べたいだなんて言われれば、かつて穿《うが》たれた古い傷跡の残る心が満たされる。口元が緩む。

「あ、源さんや兼八さんたちのところには私が持って行きますよ～」

「村尾さん？」

「お兄さん、さっきからずっと作ってばっかで食べてないじゃないですかぁ。あ、残りの切り分けも私がやっておきますね～」

「いやでも……あ」

そう言って沙紀は、ひょいっと隼人の持っている紙皿を取り上げた。突然のことで隼人が目をぱちくりとさせていると、返事の代わりにくぅっとお腹の音が鳴る。

すると沙紀に、ほらね、と言わんばかりの苦笑を零されれば返す言葉もない。

そして目の前のグリルハーブチキンを紙皿にとって食べ始めた。

「ん、うまっ、いい出来」

パリパリに焼いた皮と溢《あふ》れ出す肉汁と共に、ハーブの爽やかな香りが口の中で広がっていく。

青空の下、一面に広がる田畑を見ながら風に吹かれて食べるのは、格別の開放感も手伝い美味しさが際立っている。なんだかんだ空腹感も手伝って、食べる手が止まらない。

あっという間に皿が空になる。すると、脇からひょいっと新しい皿を差し出された。猪肉と野菜が載っている。ちゃっかり大盛りだ。

「ほら、こっちも食べないとね、隼人」

「春希」

どうやら春希が追加で持ってきてくれたらしい。

そして隣に腰掛け、確保していた自分の分を食べ始め舌鼓を打つ。隼人もそれに倣う。

誰かと──春希と一緒に食べると、更に美味しさが倍増した気がした。

「思ったんだけどさ、バーベキューって向こうじゃ絶対できないよね」

「そうだな、うちはマンションだし、春希ん家《ち》は庭がそこまで広くない」

「ふふっ、それにもしやったら煙で近所迷惑になって怒られちゃうよ」

「煙と言えば、焼肉屋の排煙機がしっかりとしてたなぁ」

「むッ、焼肉！　ボクたちに内緒で海童《かいどう》たちと行ったこと、覚えてるんだから！　今度連れてってよね！」

「はいはい」

そんな下らない話をしながら、肉を焼いては食べる。それを繰り返す。

姫子と心太もお腹を苦しそうに抱えながら食べており、その様子を見守っている源じいさんたち大人組は、ほらもっと食べなと面白がって勧めては、沙紀に窘められている。

だけど皆、笑顔だった。

ふとその様子を眺めていた春希が、ポツリと、なんてことない風に呟《つぶや》く。

「隼人やひめちゃんだけじゃなくて、沙紀ちゃんや心太くん、それに源さんや兼八さんたち……たくさんの人がいるね」

「そうだな」

「ボクさ、月野瀬に来てよかった」

「……春希？」

そして春希は困ったような嬉《うれ》しいような、どこか寂しいような、複雑な笑みを零《こぼ》す。

どこかで見た覚えのある顔だった。

しかしよく思い出せない。

何かを言おうとして言葉を探すも見つけられず、隼人の胸が締め付けられる。

しかし何かを言わなければ――そんな使命感にも似た想いに駆られ、無理やり言葉を捻《ひね》りだそうとした時のことだった。

「あーその――」

「んめぇ～～～っ、めぇっ、めぇぇぇ～～～っ！」

「「っ!?」」

どこか重くなりかけた空気を、やけに切羽詰まった様子の鳴き声が切り裂く。

現れたのはどこか見覚えのある羊。

予想外の闖入者《ちんにゅうしゃ》に驚いたのは隼人たちだけではなく、突然のことに全員がどうしたことかと顔を見合わせている。

「あらぁ？　どうしたのかなぁ……あれ～？」

「んめぇ～～～～、めぇ～～～～っ！」

「っ⁉　沙紀ちゃんじゃなくてわし⁉」

羊はよく懐いている沙紀を素通りし、一直線に源じいさんのところへ向かい、服の裾《すそ》を嚙《か》んで引っ張る。

源じいさんのところの羊は、時々脱走してのんびりとお散歩することがある。

だがそれにしては様子がおかしい。

何か伝えたいことがありそうなのだが、それが何かはわからない。

皆はますます困惑し首を捻っていると、先ほど追加のお酒を自転車で取りに行っていた人が血相を変えて、「おーいっ！」と叫び声を響かせた。

「大変だ、源じいさんのところの羊が産気付いているっ！」

「「「っ⁉」」」

この時季外れの羊の出産の報《しら》せは、皆の酔いを吹き飛ばすには十分なものだった。

幕間　――が欲しいよ

田舎と違って都会のクマゼミは、森の樹木でなく建物の外壁に摑《つか》まり朝からシャンシャンシャンと鳴いている。

そんなクマゼミたちが唄《うた》う住宅街、ある一角にある古めかしい日本家屋、その洗面所。

みなもは鏡の前で難しい顔を作り、ブラシと髪ゴムを手に悪戦苦闘していた。

「ううぅ、変じゃないでしょうか……」

不安の色が滲《にじ》む呟きが漏れる。

鏡に映っているのは、くりくりの癖っ毛をハーフアップに編み込んだ自分の姿。

あどけなさと大人っぽさが同居しており、彼女の魅力を引き出している。

いつもなら隼人《はやと》の母、真由美《まゆみ》にしてもらっている髪型だ。

最近春希《はるき》にも教わりながら、1人でも出来るよう練習していた。

後ろのまとめた髪が不安そうにぴょこぴょこ揺れる。

「と、そろそろ行きませんと」

そう言って制服に着替えて家を出る。

すると、隣の家の庭から「わんっ！」と元気よく挨拶《あいさつ》の声を掛けられた。

視線を向ければラフコリーのれんとが、フェンスまで尻尾《しっぽ》を振って駆け寄ってくる。

「れんと、おはよう。今日も暑いね～」

「わんっ！　わんわんっ、わふっ！」

「あら、みなもちゃん、おはよう……まぁ、まぁまぁまぁ！　今日は随分可愛らしい髪をしているのね！」

「奄美《あまみ》さん、おはようございます！　その、変じゃないでしょうか？」

「いいえ、全然！　うふふ、良く似合っているわ。今から学校かしら？」

「はい、部活です」

「あら、あらあらあら、部活！　青春ねぇ……ふふっ、いってらっしゃい」

「はいっ！」

すごくいい笑顔を見せる隣人の声を受け、みなもは学校の花壇を目指し通学路を歩く。

さて、今日はどんな世話が必要だろうか？

そんなことを考えるものの、普段と違う髪型なので少しばかり周囲の目が気になり落ち着かなくもあった。自然と早足になってしまう。

そして校門を潜れば、グラウンドから活発な掛け声が聞こえてきた。

夏休みとはいえみなも以外にも、部活などで学校を訪れる生徒は多い。

「よぉし！」

花壇に着いたみなもは、ぐっ、と胸の前で握り拳を作って気合いを入れる。

この時期様々な夏野菜が収穫の盛りを迎えていた。いつもたくさん花を咲かせている。

また、油断しているとすぐに雑草まみれになるので、細かな手入れも欠かせない。

それに台風も近づいているという。それらの対策も必要だ。

ざっと見た感じ、今日の収穫は無さそうだった。その代わり生命力旺盛《おうせい》な夏野菜たちの伸びるに任せた枝葉を剪定《せんてい》したり、雑草を引っこ抜いたりと手入れをしていく。

見た目がどんどんすっきりしていく花壇の様子を見て、どこか自分の髪の毛の手入れにも似ているなと、くすりと笑みを零す。

そして一通り作業を終え、ふぅっと一息吐き、額の汗を手の甲で拭《ぬぐ》う。

するとその時、ふいにスマホが通話を告げた。

「あら？　……もしもし、春希さん？」

『やほー、久しぶりみなもちゃん、今何してる？　大丈夫？　あれ、もしかして外？　忙しい？』

春希からだった。その声は興奮に彩られており、やたらとテンションが高い。

みなもは何かいいことあったのかなと苦笑を零し、作業の手を止めて日陰に移動する。

「丁度花壇の野菜の世話に一区切りついたところです。あとは台風にも備えてですけど……何かあったんですか？」

『うんうん、それがね、聞いてよ、すごかったの！　出産が！　羊の！　昨日の昼からずっと！　季節外れで大変で、皆てんやわんやで、徹夜になっちゃって！』

「まぁ！」

『準備とか何もできてなくて、難産だし、遠くまで獣医さんも呼びに行かないとだし、源《げん》じいさんだけじゃなくて村中の皆もあわあわしちゃって！　ついさっきやっと全て終わったところだったの！』

どうやら昨日の昼間から今までずっと、羊の出産に立ち会っていたらしい。

春希にとっても思いがけない、そして忘れられない出来事だったようだ。

未《いま》だ興奮冷めやらぬ様子で『藁《わら》いっぱい集めた！』『縄で母羊のお腹から、綱引きのように引っ張り出した！』『月野瀬《つきのせ》では羊の出産自体まだ3回目！』と、その時の様子を必死になって語る。

スマホの向こうで、春希が身振り手振りをしている姿が目に浮かび、みなもも釣られて顔を綻ばす。どうやら月野瀬中を巻き込んだ一大イベントに発展していたらしい。

『皆すごく頑張ってた。隼人は色々頼まれてて、沙紀《さき》ちゃんは裏方フォローの要になってて……でも、ボクはてんやわんやで……だけどさ、生まれた瞬間は本当に凄《すご》かったんだ。

夜明けと同時でさ、わぁって皆手を上げて喜んでさ、思わず涙が出ちゃったよ』

「そうですか。命の産まれる瞬間に立ち会ったんですね」

きっとそれは春希が話す以上に大変なことで、神秘的なものだったのだろう。

みなもは目を細め、花壇に咲き誇る夏野菜の花たちを眺めながら想いを馳《は》せる。

初めて実が生《な》った時の感動を思い返せば、誰かに話したいという春希の気持ちがよくわかる。その気持ちを自分に話してくれたことに、胸にくるものがあった。

『そう、ボクと同じで計算違いで産まれてきたっていうのに、皆喜んでたんだよね……』

「春希、さん……？」

ふいに春希がポツリと呟く。その声色はやけに無機質で、感情の色が窺《うかが》えない。否、何かを必死に押し殺したモノのようだった。

みなもは零されたその言葉に息を呑《の》む。胸が軋《きし》む。

春希の家庭の事情は聞いている。

だからこそ、友達として何か言いたかった。

しかしその言葉は見つからなかった。

それでも空回る頭で、必死に想いを捻りだす。

「も、もうすぐお祖父《じい》ちゃんが退院するんですっ！」

『へ？』

「隼人さんのお母さんも、近いうちにって、その……っ」

『……あはっ！　うん、そっか。そうなんだ。…………ありがとね、みなもちゃん』

「春希さん……」

『ふわぁ〜っふ、っと。ボクもすごく眠気来ちゃったや。ごめん、また連絡するね』

「ぁ……」

そしてみなもの返事を待たず通話が切られる。明らかに気を遣われていた。

はぁ、と情けない声色のため息が零れる。

空を見上げれば丁度真上にあった太陽が、綿雲に隠されて地面に影を落とす。

と同時に、お昼を告げるチャイムが鳴った。

「っと、片付けないとですね」

気を取り直したみなもは、手早く剪定した枝葉や雑草をゴミ袋に入れて纏《まと》め、そして集積所へと足を向けた。

校舎裏、そこにある集積所は平時でも生徒が訪れることはあまりない。今は夏休みでもあるのだから、なおさら。

だからそこに誰か居るとは、思いもよらなかった。

「どうしてですかっ⁉」

「その、僕には他に、想いを寄せる人が……」

「それは嘘ですっ！　噂と違って一輝《かずき》くんが二階堂《にかいどう》さんのことを本当にどう思っているかだなんて、私にはわかりますっ！」

そこに居たのは痴話げんかで言い争うかのような、1組の男女。

ここは告白スポットとしても有名な場所だ。みなもも何度かその現場を見て、ある程度慣れている。男子が一輝というケースは、特に。

いつもなら息を潜めてやり過ごすところなのだが、二階堂という明らかに春希を指す言葉に動揺し、ビクリと肩を震わせドサリとゴミ袋を足元に落としてしまう。当然、彼らもみなもに気付く。

「だ、誰!?」

「……君は確か、隼人くんと同じ園芸部の」

「あ、あのその、わ、私はゴミを……」

バツの悪い表情を浮かべたみなもは、落としたゴミ袋を拾って掲げつつ、覗《のぞ》くつもりはなかったとアピール。みなもの表情から他意は無いと、わからない彼らではない。

何とも言えない空気の中、みなものあははと乾いた笑いが響く。

「……私、諦《あきら》めませんからっ」

「高倉《たかくら》先輩っ！」

「……ぁ」

そう言い残し、2年の女子生徒——高倉先輩は身を翻し去っていく。

彼女のことはみなもも噂で知っている。

演劇部所属で良いところのお嬢様にして、去年のミスコンの圧倒的覇者である彼女は、去っていく姿も様になっていた。

場違いだと思っていても、見惚《みと》れてしまう。さすがは2年の有名人だ。

しかし、どうやら一輝にご執心な上、ただならぬ仲というのも見て取れた。

思い返せば以前にも2回、彼女から一輝に告白しているところを見ている。

おそらく2人の間にはかなり込み入った事情があるのだろう。

そんな気まずさがみなもの顔に出ていたのか、一輝は取りなすように苦笑を1つ。みなもに向き直る。

「あはは、変なところを見せちゃったね。その、先ほどのことは忘れてくれると嬉《うれ》しいかな？　……それじゃ」

そう言って一輝は軽く手を上げ、この場を去ろうとする。

「あ、あの、待ってください……っ⁉」

「っ⁉　え、ええっと……？」

だけどみなもは、反射的に一輝を引き留めてしまっていた。

驚いたのは一輝だけでなくみなもも同じで、語尾には完全に困惑の色が滲んでいる。

そもそもみなもと一輝に直接的な接点は無い。せいぜい春希や隼人の話に上る程度で、いいところ友人の友人だ。

それにみなもは散々この場所で一輝が女子を振るところを見てきている。珍しいことじゃない。だというのに今日に限って引き留めてしまったのはどうしてなのか？

「い、今の海童《かいどう》さん、春希さんや隼人さんと同じ、つらそうな顔をしています……っ！」

「っ!?」

それは彼らと同じ、心の中にある何かを必死に堪《こら》えようとするものだった。

どうしてかみなもには、無視することが出来なかった。

先ほど春希との電話があったからこそ、なおさら。

一輝は固まり、大きく目を見開く。そして天を仰ぎ、嘆息を1つ。

「まいったな、それは今の僕にとって最高の殺し文句だ」

一輝は降参とばかりに、軽く両手を上げてそう呟《つぶや》くのだった。


それからしばらく後。

みなもは一輝に連れられて、とある喫茶店にやって来ていた。

「ここって……」

純和風の店構えに、飛び回る店員の矢羽袴《やばねばかま》が特徴的な制服。

みなもの教室でもよく話題に上る、御菓子司《おかしつかさ》しろである。

もちろんみなもも祖父へのお見舞いに行く際、よくその人気ぶりを目にしていた。

しかし夏休みとはいえ平日、お昼のピークを過ぎた時間帯ということもあり、いくらか空席が散見される。

「立ち話もなんだし、落ち着ける場所がいいと思って……その、結構歩かせてしまったから、ここは僕が出すよ」

「い、いえっ、それはその、お構いなくっ」

「ははっ、いいからいいから」

「あ、あのっ……」

みなもは慣れた様子で店に入っていく一輝の背中を慌てて追いかける。

店に入ったのは初めてだった。興味が無かったというわけじゃない。

内向的なみなもにとって、１人で喫茶店《オシャレ空間》に入るというのは、なかなかにハードルが高い。

ちらりと一輝を見る。

スラリと背が高く、道中も行き交う女性の注目を浴びていた爽《さわ》やかなイケメン。現に今も、店内の熱い視線を集めている。その隣に立っていて、緊張するなという方が難しい。

「いらっしゃ――って、一輝⁉　しかも女の子連れ⁉」

「やぁ、伊織《いおり》くん。彼女とはその、まぁちょっと訳ありでね」

「え、あ、その、よろしくお願いしますっ」

「頭下げないで、お客様⁉」

暖簾《のれん》をくぐれば驚きの声で出迎えられた。

一輝へ親しそうな言葉を投げかける明るい髪色の店員——伊織である。

しかしみなもと伊織に接点は無い。かろうじて目の前のやり取りから、２人が気の置けない仲だというのがわかるのみ。

さてどうしたものか。

この状況にみなもがまごついていると、ふいに一輝の顔を見た伊織が目を見開き真面目な顔を作り、やれやれといった様子で頭を掻《か》いた。

「あーその、奥の小上がり端っこ、あそこなら人の目から隠せるぜ」

「助かるよ伊織くん、ありがとう」

「いいって、後で訳くらい教えろよ？」

「話せる範囲でならね」

そして店の入り口からも見えにくい場所へと案内してくれる。他の客からも距離があり、話し声が聞こえることもないだろう。込み入った話をするにはもってこいの席だ。

ローファーを脱いで席に着くなり、一輝からメニューを渡される。

「わぁ！」

目に飛び込んできたのは色とりどりの和風スイーツたち。

水槽で泳いでいる金魚の錦玉《きんぎょく》に、スイカやマンゴーなど夏のフルーツを使った大福、それに紫陽花《あじさい》など季節の花を模《かたど》った落雁《らくがん》。

みなもはその華やかさに瞳《ひとみ》を輝かせた。

そしてしばらくの後、眉間《みけん》に皺を寄せた。

あまりにも種類が多く、どれにしようかと目移りしてしまう。

「くずきり抹茶パフェがおススメ、かな」

「ふぇ？」

「つるんとしたくずきりののど越しと爽やかさ、抹茶の渋みと甘さが夏らしくておいしいって、語ってもらったことがあってね」

「あ、はい、じゃあそれで」

「すいませーん、くずきり抹茶パフェ２つ——」

すると一輝が助け船とばかりにおススメを提案してきた。迷っていたこともあり、これ幸いとそれに乗っかる。

一輝が注文している間、改めて店内を見回してみる。

漆喰《しっくい》の塗られた黒い柱と梁《はり》、それらと対照的な白い壁が落ち着いた雰囲気を演出し、その空間を飛び回るのは矢羽袴の和風モダンな制服。

なるほど、噂になるのも納得だ。あの制服は少しばかり自分でも着てみたいと思う。

そんなことを考えると同時に、みなもは自分の前髪をくいっと引っ張った。

大丈夫だろうか？　変じゃないだろうか？

普段のみなもはオシャレとは縁遠く、今日に限ってこの髪型にしてきてよかったと思う一方で、どうしても他のキラキラ輝いているように見える客と比べてしまう。

「そういえば、いつもと髪型違うんだね」

「えっ⁉　あ、あのその、変……じゃないでしょうか？」

「全然！　よく似合っていて可愛いよ」

「っ！　あうぅ……」

にこにこと人好きのする笑顔で一輝に髪型を褒められれば、みなもは一瞬にして羞恥《しゅうち》から顔を真っ赤に染め上げ、肩を小さく縮こませてしまう。

まともに顔を見られず、もじもじと膝《ひざ》を擦り合わせる。

しかし、ちゃんと褒めてくれたのだ。何かお礼を言わなければ——そう思い恐る恐る顔を上げれば、やってしまったと言わんばかりの一輝と目が合った。

「あーその、すまない……気を悪くせず聞いて欲しいのだけど、今のはその、別にナンパとかそういうつもりで言ったわけでなく、ただそう思っただけでというか、ええっと……」

「ふぇっ⁉　あのその、私そんなこと言われ慣れてなくて、ビックリしたというか恥ずかしくなったといいますか……っ」

「そ、そうか、それならよかった！　ははっ！」

「あ、あはは……っ」

何とも嚙《か》み合わないおかしなやり取りを繰り広げる一輝とみなも。お互いぎこちない笑みを浮かべる。

「その、気を付けてはいるんだけど、どうも人によっては受け取り方が違うというか、妙な期待をさせてしまうことがあるというか」

「もしかして、先ほどの高倉先輩も？」

「……あぁ、彼女はその、中学の頃にも色々あってね」

一輝は困った顔で苦々しく眉間に皺《しわ》を刻む。

みなもには一瞬それが、時折春希が見せるどこか自虐的な表情と重なった。

だからといって何て言っていいか分からない。そもそも一輝とまともに話したのは今日が初めてなのだ。

神妙な空気が流れる。

しかしそれも一瞬、呆《あき》れを含んだカラリとした声によって霧散した。

「なーに変な顔してんだ、一輝？」

「っ⁉　と、伊織くん」

「ええっと、その……わぁ！」

「はい、くずきり抹茶パフェ、お待ちどおさま」

みなもは運ばれてきたくずきり抹茶パフェを目の前にして、胸の前で両手を握りしめ瞳を輝かせた。

くずきり、白玉、餡子《あんこ》を重ね、抹茶と黒ゴマのアイスと生クリームで彩られたそれは、緑と白と黒のコントラストも鮮やかで、夏の涼やかさを演出している。

なるほど、おススメというだけはある。

伊織は苦笑しつつ、すぐさま奥へと引っ込んだ。聞き耳を立てたりするつもりはないらしい。

もう食べてもいいのだろうか？　そんなことを考えながら一輝の顔をちらりと窺《うかが》えば、どうぞとばかりににっこり笑って柄の長いパフェスプーンを掲げた。

「いただきます……んんっ⁉」

一番初めに口の中に感じたのは、ほどよい冷たさだった。

火照った身体の熱を奪っていき、そこへ抹茶の爽やかな苦みと甘さが広がっていく。つるりとしたくずきりの食感も堪《たま》らない。

「おいしい〜っ！」

「うんうん、これもおいしいね。ふふっ、アレだけ熱心に味を語っていただけあるね」

そう言って一輝は、何かを思い浮かべながら頰を綻《ほころ》ばせていた。

どうやらおススメされた時のことを思い返しているのだろう。

そのおススメした誰かはよほど特別な相手なのか、見ている方も釣られて笑みを零《こぼ》してしまうほどの良《い》い笑顔だ。まるで春希が、隼人のことを話す時のように。

「あ、もしかしてそのおススメした人って、海童さんの特別な人なんですか？」

「んぐっ⁉　げほっ、げほけほけほっ、んんっ！」

「だ、大丈夫ですか⁉」

みなもが感じたままの言葉をポツリと零せば、一輝は盛大に咽《むせ》た。何度も咳《せ》き込み、目《め》尻《じり》に涙を浮かべ、顔は真っ赤。

そんな一輝の予想外の反応にあたふたしてしまう。

また早とちりしてしまったと、後ろ髪がぴょこぴょこ跳ねる。

「けほっ……ふぅ、もう大丈夫。その、いきなりで驚いたというか……確かに少し特別な間柄で、いい子だと思うんだけど、互いにそういう対象じゃないというか……」

「？　そうなんですか？」

「…………あぁ」

そう言って一輝は笑うも、しかしその顔には少しばかり影が差していた。とても言葉通りに受け取れそうにない。

みなもが心配そうな、困ったような表情を浮かべれば、一輝は片手を額に当て、はぁ、とため息を1つ。軽く頭を左右に振って、みなもに向き直る。

「僕はその、誰かと付き合うとか好きになるとか、よくわからないんだ。それに多分、僕には誰かとどうこうするような資格が無い」

「海童、さん？」

「……噂、聞いたことあるかな？」

「ええっとその、とてもモテるということくらいは……」

「……中学の頃、三股《さんまた》かけてた」

「…………え」

みなもの顔が嫌悪に歪《ゆが》む。

ふいに脳裏を過《よ》ぎるのは1人で佇《たたず》む祖父の家、そして家に顔を出さぬ父の顔。

よほどひどい顔をしていたのだろう、今度は一輝が慌てふためく番だった。

「う、噂はあくまで噂だから！　その、二股と思われても仕方無い状況になったというか、決して僕としてはそんなつもりはなかったし、別れるために協力してもらって三股に見られるようになったというか、事実として浮気《うわき》とかしてたわけじゃっ」

「え、あ、はい！　す、すいません、早とちりして、その……っ」

「あ、あはは……。あぁでもそうだね、自分で言ってても、うん。ひどいやつだと思う」

必死に弁明の言葉を紡ぐ一輝は、滑稽《こっけい》なほど真剣だった。その姿はみなもの友人《春希》を彷彿《ほうふつ》とさせる。

「……くすっ」

「三岳《みたけ》、さん……？」

彼にどういう過去があったのかはわからない。

しかし一見隙が無いように見えて、その実春希のようにただただ不器用で、そしてとても真面目《馬鹿》なだけというのが伝わってくる。

そう思うとどこか憎めず、だから思わず笑いが零れてしまった。

「ふふ、ごめんなさい。でもその、おススメしてくれた子とは随分そういった彼女さんたちとは違うみたいだし、仲も良いみたいですね」

「どうだろう……おススメされた時は大勢の中の1人でしかなかったし、その、嫌われてはないと思うけれど……」

どこか不安そうな表情を見せる一輝。

みなもはまたも、目をぱちくりさせた。

言うまでもなく、一輝はよくモテる。こうして話していると、見た目や所作だけでなく相手への気遣いも感じられ、クラスの女子たちが色めく声を上げるのも納得だ。事実、何度も女子へのお断りシーンを目撃してきている。

だからこそ、こうして特定の誰かの反応を気にするところが驚きだった。

どうやら、よほど特別な相手らしい。

「好き、なんですか？」

「すっ……！」

一輝は言葉を詰まらせる。

しかしそれも一瞬、一輝は胸に手を当てながら苦々しく言葉を零す。

「……僕が好きとかそれ以前に、その子、他に好きな子がいるから」

「ふぇ？」

「もっとも本人は『好きな人がいた』って過去のことにして忘れようとしているみたいだけど、その、本当にいい子で、僕としては応援したいという気持ちが強いというか……」

「応援、ですか……」

「アイドルとか推しの子の幸せを願っているのに近い、かも」

「ふふっ、そう言われると少し気持ちがわかるかもしれません」

みなもはかつて夜の公園で、ずぶ濡《ぬ》れになった春希と出会った時のことを思い出す。

不器用で、秘密を打ち明けてくれて、友達になってくれた女の子。

きっとその子は、一輝にとってそういう相手なのだろう。

そうして話しているうちに、いつしかパフェは空になっていた。

「まぁその高倉先輩もなんだけど、以前恋愛がらみで色々失敗しちゃってさ……だから当分、そういうのはいいかなぁって」

「失敗、ですか」

「うん、失敗。他の人の気持ちっていうのが色々よくわからなくなっちゃってさ……それに――」

かつんとスプーンがグラスを叩《たた》く音と共に、一輝は自らの想いを零す。

「恋とか彼女とかよりも、誰かとの絆《きずな》というか、友達との確かなものが欲しいよ」

「友達……」

そう言って笑った一輝の顔は、とても眩《まぶ》しく何かに焦がれる、切なげな表情だった。

だけれども、とても綺麗《きれい》な顔だった。

絆――その言葉がみなもの胸にも刺さる。

みなもが言葉を無くしていると、一輝はいつものにこやかな笑みに戻し、立ち上がる。

「っと、長居しちゃったかな？　その、ほとんど愚痴みたいなものだったけど、色々聞いてくれてありがとう」

「い、いえ、その、本当にただ聞いただけですし……あ、それでもよければ、また話を聞きますよ！」

咄嗟《とっさ》にそんなことを口走っていた。

一輝はしばし固まり目をぱちくりさせ、そして何かが腑《ふ》に落ちたとばかりに頷《うなず》き笑う。

「あぁ、なるほど。三岳さんのそういうところ、隼人くんに似ているんだ。だから僕もついつい喋《しゃべ》っちゃったのかな？」

「ふぇ⁉」

「ははっ、じゃあまた何かあれば愚痴らせてもらうよ。それじゃ！」

「……あっ！」

そう言って一輝は、みなもが驚き硬直している隙に伝票を摑《つか》んで精算を済ませ、店を出て去っていく。

残されたみなもはしばらくの間、啞然《あぜん》とした様子で後ろ髪をぴょこぴょこさせるのであった。

第3話　比翼の鳥、連理の枝

羊出産騒動からしばらく後。

この日の月野瀬《つきのせ》の山は、どこかピリピリしつつも静かだった。

太陽が西の山へと掛かる頃。

山の中腹にある神社の隣、村尾《むらお》家、その一室にある沙紀《さき》の部屋。

そこで春希《はるき》と沙紀は山と同じくどこかピリピリした空気の中、真剣な面持ちで手を動かしていた。彼女たちの傍の床には布生地や紐《ひも》、裁縫道具が転がっている。

「えぇっと、型紙に合わせて生地を少し大きめに切って、と……」

春希が作っているのは手帳型のスマホケース。

三毛猫のプリントされた布生地を型紙に合わせ慎重に切り取っていくところだ。

「うんしょっ、すごく硬い、けどぉ～っ」

沙紀が作っているのはエプロン。

作ること自体は簡単なのだが、それでは味気ないので狐のワッペンを手縫いで付けようとして悪戦苦闘している。

それぞれ、隼人《はやと》へ渡す誕生日プレゼントだった。時々ネットで調べた作り方が合っているかどうかを確認しあいつつ、作業している。

その時、外でごぅっと強い風が吹いた。

風の体当たりを受けた窓がガタリと音を立てると共に、雲が流されたのか真っ赤な夕陽が部屋へと差し込んだ。

「わ、もう夕方だ！」

「んぅ〜、続きは夜にしましょうか」

沙紀の言葉で手を止め、春希が両手を上げてぐーっと伸びをすれば、ポキリと肩が鳴る。

月野瀬に来てから折を見て製作を進めており、今日は昼間からずっと作業しっぱなしだった。春希は形がだいぶ様になってきたスマホケースを見てしみじみと呟《つぶや》く。

「ん、もう少しで完成だねー」

「……お兄さん、ちゃんと受け取ってくれるでしょうか」

「……へ？」

ふと、沙紀が作りかけのエプロンを手に弱気を滲《にじ》ませた言葉を零す。

春希の口から変な声が漏れ、目も大きく見開く。

　するとそんな春希の視線を受けた沙紀は、慌てて言い訳を紡ぐ。

「こ、こういう贈り物をするの初めてといいますか、今まで接点もろくになかったのでいきなり渡して変に思われないかといいますか……」

「んー、隼人ってば粗品のせっけんやタオル、シールで応募するお皿とか愛用してるし、こういう実用的なもの好きだから普通に喜ぶと思うよ？」

「その、受け取ってくれても姫ちゃんのというか、妹の友達だから変に気を遣われて使ったりとか使われなかったりとか……」

「あはは、隼人に誰から貰《もら》ったかを気にして使うような繊細さとかないし、使えるものなら何でも使うよー」

　春希がけらけらと笑いながら小さく手を振れば、沙紀は少しばかり眉《まゆ》を寄せて目を細め、僅《わず》かに羨望《せんぼう》を滲ませた声を漏らす。

「……そう言い切れるところ、少し羨《うらや》ましいです」

「あー……」

　春希はそこで言葉が詰まってしまった。

　目には少し寂しそうな沙紀が映る。

　声を掛けようにも、なんて言っていいかわからない。眉間《みけん》に皺《しわ》が寄る。

「す、すいません、急に変なこと言っちゃって……っ！」

「いやいやいや、あのその、えっと……」

そう言って沙紀が恥ずかしそうにしゅんと俯《うつむ》けば、春希は必死に言葉を紡ごうとして口の中で言葉を転がすも、適切なものが出てこない。

うーん、と唸《うな》ることしばし。改めて沙紀を見てみる。

あどけなさが残るものの綺麗で整った顔立ちは、色素の薄い髪と肌と相まって、神秘的な雰囲気を演出されている美少女だ。

胸もみなもほどではないにしても、しっかり主張されておりスタイルもいい。

性格も真面目で温厚、隼人を陰になり日向《ひなた》になり支えるだけでなく、月野瀬の住人たちに慕われているところも散々目にしてきている。

そう、良い子だった。

傍《はた》から見ていて、沙紀の隼人へのアプローチはほんの、さり気ないものである。

直接的に交わす言葉は少なく、調理やバーベキューなんかでは必要な道具を近くに用意したり、羊の出産の時は獣医さんや必要なものを持っている家へ連絡し事前の根回しをしたりなど、本人の知らない陰でこっそりと気を回す。

隼人本人にとってはわかりづらいかもしれない。

だけど1歩離れたところから見てみれば、明らかに気に掛けていることは明白だった。

胸中は複雑だ。だからこそ気になることがあり、急速に膨れ上がった思いがふいに形となって口から零《こぼ》れ落ちた。

「沙紀ちゃんはさ、いつから隼人のことをその、気にするようになったの？」

「っ⁉　いえその、う～……い、いつからというのは曖昧《あいまい》ですけれど、切っ掛けなら……」

「切っ掛け？」

「はい……」

沙紀の顔がみるみるうちに赤く染まっていく。

もじもじと畳の上に人差し指でのの字を描く。

ちらちらと視線を寄越し、恥ずかしそうにしつつもしかし、大切な宝物をちょっぴり自慢気に、他の人には秘密だよといわんばかりに曝《さら》け出す。

「……褒めて、もらえたんです」

「え……？」

「何のためにやっているのか分からない神楽《かぐら》を、綺麗でカッコいいって、初めて誰かに褒めてもらったのが、お兄さんだったたんです」

「……っ！　そう、なんだ……」

沙紀ははにかみながら胸に手を当て目を瞑《つむ》る。

それはとても綺麗で見惚《みと》れるような笑顔で——そして自嘲《じちょう》気味に眉を寄せた。

「そんな単純なことなんです。でも私にとっては大きなことで……あはは、バカみたいですよね」

「うぅん、そんなことないっ！」

春希は反射的に沙紀の手を取り握りしめていた。

妙に熱のこもった空気が流れる。

しかし何を言っていいか分からない。胸もみしみし痛む。

ただ1つ確かなことは、春希にとってこの一途《いちず》な想いを抱く沙紀を、どうしても他人事《ひとごと》だとは思えなかった。

「ねね、みてみて、はるねーちゃ！」

「「っ!?」」

その時ふいに沙紀の部屋の襖《ふすま》が、勢いよく開かれた。2人は慌てて距離を取る。

現れたのは心太《しんた》。

手には砂や小石を敷き詰め公園のようなものを描いた水槽、そこに数匹のサワガニが遊んでいるのが見える。

「心太くん、サワガニアクアリウム出来たんだね」

「うん、じしんさく！」

「まぁ、可愛らしい」

捕まえたサワガニを置いておくために、春希が作ってみてはと提案したものだった。

どうやら春希たちがプレゼントを作っている間、心太はこれを作っていたらしい。

「石でかこんだ池がこだわりでっ――！」

どこか照れくさそうに、しかし少し自慢げに語ってくるところは、先ほどの従姉《さき》そっくりだ。

くすりと笑みを零し視線を交わした春希と沙紀は顔を見合わせ、笑い合う。

誕生日プレゼントの完成を目指し、この日も夜遅くまで頑張るのだった。


気付けばはるきは、薄暗い灰色の空間に立っていた。

周囲を見回すも何もなく、世界にただ1人ぼっち。

どこか息苦しさを覚える。

それから逃れるように、ここではないどこかへ行きたかった。

だけどどうすればいいかわからない。

身体に纏《まと》わりつく重苦しい空気の中、俯いたまま藻掻《もが》くように必死に手を伸ばす。

しかし何も掴めない。

そんな無為なことを繰り返す。

目に映るものは何もなく、心は摩耗していく。

『はるき、こっちだ！』

『──え？』

その時、不意に手を摑まれた。

戸惑うはるきなんてお構いなしに、強引に引っ張られていく。

一体誰かと思って顔を上げると、光が差し込み──

「──夢」

そして春希の意識が浮上した。

夜明け間もないのか、遮光カーテンの隅からはうっすらと昇ったばかりの弱々しい太陽の陽射しが滲む。

寝起きのぼうっとした頭で周囲を見回すと、薄暗い見慣れぬ和室の女の子の部屋が目に映る。ローテーブルの上にはエプロンとスマホケース。

結局昨夜は遅くまで、沙紀と一緒に完成まで作っていたものだ。

「そっか、そうだった……って、あれ、沙紀ちゃんがいない……？」

そこでようやく春希は昨夜は沙紀の部屋で寝たことを思い出す。

だがその部屋の主《あるじ》が居ない。布団は丁寧に畳まれている。

時刻を確認するとまだ6時前。二度寝してもいい時間ではあるが、生憎《あいにく》と眠気はない。

それよりも、沙紀がどこへ行ったかが気になった。そろりと部屋を抜け出す。

「暗っ……」

小声で呟く。廊下はまだ暗くしんと寝静まっており、足元も覚束ない。

春希は壁に手を突きながら、周囲を窺《うかが》いつつ歩く。

しかし、どこかの部屋に誰かがいる気配はない。

そして玄関にやってくると、沙紀の草履が無いことに気が付いた。

「外に出たのかな……っと、うわっぷ！」

玄関を開けた瞬間、ごうぅっと強風に煽《あお》られ春希の長い髪が舞う。

空を見上げれば、どんよりとした雲が南から駆け寄ってきている。

「そういやこないだみなもちゃんも言ってたけど、台風が近づいてきてるんだっけ……」

春希は風に攫《さら》われそうになる髪を押さえながら境内を歩く。

ザァザァと木々が不安そうに騒《ざわ》めき、古めかしい社がみしみしと唸り声を上げている。

まるで台風の訪れを怨《うら》むかのように唄《うた》っていた。

どこか山が不気味な様相を見せている中、拝殿が泰然と佇《たたず》んでいるのが目に入る。

春希はそこへ、吸い寄せられるかのように足を踏み入れ――

「っ⁉」

――そして一瞬にして神聖な空気に塗り替えられ、息を呑《の》んだ。

視線の先は拝殿の奥、一段高い場所にある祭壇前の板張りの間。

そこで神楽を舞う巫女《みこ》装束の神秘的な少女――沙紀が作り出す世界に意識が呑み込まれていく。

清廉に舞う袖《そで》、厳かに運ばれる足、合間に鳴らされる凛《りん》とした鈴の音。そして、千変万化な沙紀の表情。

神事。祭神へと奉じる舞。

そのはずなのだが、どうしてか春希にはドラマに見えた。

この地を訪れ豊かにし、そして去っていく天神《てんじん》に、慕情を抱いた地祇《ちぎ》の奇譚《きたん》。別れがあると分かっていても焦がれる想いを抑えることが出来なかった少女の、恋の物語。

身を焦がすような想い、立場に悩むもどかしさ、避けられない別れへの恐れ。

それらがただ1人、沙紀によって鮮明に描き出されている。

圧倒される。

呼吸すら忘れ、見入ってしまう。

その場に縫い付けられたかのように硬直し、目が離せない。

あぁ、隼人が褒めるはずだ。

そこにはただの演技《計算》では作り上げられない、本物の熱と色があった。

あれと比べれば、自分のそれはいかに薄っぺらいものだろうか。

沙紀が放つ輝きに身を焼かれてしまう。

思い返すのは、昨夜の言葉。

『……褒めて、もらえたんです』

そしてあの時の沙紀の顔はとても綺麗《きれい》で可愛くて、正に女の子という形容がぴったりだった。もし仮にその表情を演じようと思っても、まがい物にしかならないだろう。

――そう、本能的に悟ってしまっていた。

何故なら、そこに込められた想いは――

「――ぁ」

春希の胸がドクンと跳ねる。痛いくらいに騒めき出す。

歯を喰《く》いしばり、ぎゅっとシャツの胸を摑《つか》み、そしてその拍子にガタリと立てかけられていた箒《ほうき》を倒してしまった。

「っ！　誰かいるの～っ!?」

「……っ！」

沙紀がこちらに気付く。

頭の中は台風のように荒れており、まともな思考も難しい。

別に見つかったからといって、どうということはない。

しかし春希はどんな顔を見せていいかわからなかった。

だからその場から、逃げ出すように駆けだしてしまうのだった。

「……何やってんだろ」

神社を飛び出した春希は、当てもなく月野瀬を歩いていた。

都会と違い舗装されていない道には、小石がいくつか転がっている。

目に付いたものをつま先で軽く蹴飛《けと》ばせば、あぜ道の雑草の中へと消えていく。

はぁ、とため息を吐いて空を仰げば、やけに澄んだ北の青い空が、南西からの湿った空気と共にやってくる薄雲に侵食されている。

陽射しは弱く、村はやけに静かだ。

いつもは喧《やかま》しい鶏小屋の傍を通りかかるも、気配はあれど寂然としていた。

「………………ぁ」

当てもなく歩いていたはずだった。春希の目に映るのは月野瀬各所に延びる5つの道が交わる道辻《みちつじ》、空き地の一画、村唯一のポスト。ぎゅっと、シャツの胸に皺《しわ》を作る。

ここはかつて幼いはるきが行き場を求め、でもどこにも行けず、膝《ひざ》を抱えていた場所。

そして――

「春希？」

「隼、人……？」

その時、キッという自転車のブレーキ音が響く。

音の出処へと視線を向ければ隼人の姿。

互いに鳩が豆鉄砲を食らったような顔で、目をぱちくりさせる。

「一体、こんな朝早くにどうしたんだ？　散歩か？　思いっきり部屋着って格好だけど」

「ん、あはは、何となくちょっとね。隼人こそ、こんな朝早くにどうしたのさ？」

「源《げん》じいさんの畑が気になって。ほら、源じいさん1人暮らしだからさ、台風の時はいつも対策手伝ってんだ」

「へぇ、そうなんだ。隼人らしいね」

「俺らしいってなんだよ」

「そのままの意味だよ、あはっ」

そう言って春希はくすくすと笑う。

自転車の籠《かご》を見てみれば、自前のものと思われる軍手と移植ごて。

隼人は不思議そうに眉《まゆ》を寄せる。

「そういやみなもちゃんも台風対策するって言ってたなぁ。ね、対策って具体的にどういうことするの？」

「土を寄せて苗が倒れないようにしたり、水はけをよくしたり、防風ネット立てたり、支柱を補強したり、あと収穫できるものは収穫したり、まぁ色々だ」

「なるほどねー」

春希は腕を組み頷《うなず》く。聞いただけでも大変そうだった。

となれば手はいくつあっても無駄ではないだろう。

それに何の言伝《ことづて》もなく神社を飛び出してきているのだ。

畑の台風対策を手伝っていたと言った方が、沙紀の家に戻った時、言い訳も立つ。

「ね、はや……隼、人……？」

春希が顔を上げて向き直れば、隼人の視線がポストの隣に向けられていることに気付く。

その眼差《まなざ》しはやけに真剣で鋭く、そして郷愁の色があり、ドキリと胸が騒めく。

「……」

「……」

どうしてか何も言えなくなってしまった。

お互い黙ってその場を見つめる。

きっと、同じことを考えているのだろう。

「昔、ここで初めて春希と出会ったんだよな」

「……うん、よく覚えてる」

「ここ、ある意味月野瀬で一番目立つところだし」

「こんなところで見てくれって感じで膝を抱えててさ、バカみたいだったよね」

「見た時、なんだコイツ？　って思ってた」

「……あはは」

そう言って隼人が苦笑を零《こぼ》す。

かつてのことを思い返した春希も、釣られて赤い顔で苦笑い。

子供だったといえばそれまでだけど、随分と幼稚なことをしていたと思う。

辛《つら》くて、息苦しくて、何も信じられなくて、でも誰かに助けて欲しくて。

あの時はここでそうする以外、他にどうしていいかわからなかった。

そして初めて隼人に声を掛けられた時、どう思ったのだったか。

「あの時さ、俺、はるきのこと、すっげぇ気に入らなかった」

「隼人？」

「何を諦《あきら》めたような顔をしているのかだとか、何を不幸そうな空気をだしているのかだとか、まったくもって何に苛立《いらだ》ってるんだ、だとか」

「それは……」

ふいに隼人が顔を覗《のぞ》き込んでくる。

先ほどと同じやけに真剣で鋭く、郷愁に彩られた瞳《ひとみ》で。

そしてしばらく見つめた後、ニッと悪戯《いたずら》っぽい笑みを浮かべた。

「そしてなんか、今の春希も気に入らねえぞ、っと！」

「みゃっ⁉」

そして強引に腕を掴まれ、引き寄せられた。

無理矢理自転車の荷台へと座らされたかと思うと、戸惑う春希なんてお構いなしに漕《こ》ぎ出していく。

「ちゃんと掴まっとけよーっ！」

「隼人ーっ⁉」

自転車に春希を乗せた隼人は、意気揚々とペダルを漕ぎ出した。

十分に舗装されていない道はガタガタと不安定に揺れる。

そのくせ隼人は結構なスピードを出す。

ポストがあっという間に遠ざかっていき、代わりに青々とした田園風景に囲まれていく。

春希は振り落とされまいと隼人の腰に回した手にギュッと力を込め、そして抗議とばかりに声を上げた。

「ちょっ、隼人、速いよっ⁉」

「速くないとバランス保てないからな！」

「って、どうしてわざわざ農道の方を走るのさ⁉」

「そりゃ公道を2人乗りで走ったら、ケーサツに捕まっちまうだろ！」

「ここ警察どころかパトロールは地元の自治体のボランティアだし、そもそも最寄りの交番ですら山をいくつか越えないと無いよね⁉」

「ははっ、確かに！」

「まったくもぉ〜っ！」

そんな話をしている間にも、自転車はどんどんと春希と隼人を運んでいく。

すると目の前に小川が見えてくる。

川面《かわも》まで物置ほどの高さ、2車線の横断歩道くらいの長さの、このあたりでは珍しくない小さな生活用の橋だ。

「そういや春希、昔あの橋からよく川に飛び込んでたよな！　変なポーズ決めて！」

「うっ！　あ、あれは……て、テレビの番組見ててその……っ」

「ははっ、俺も一緒に飛び込まされてびしょ濡《ぬ》れになったっけ！」

「け、結構な爽快感《そうかいかん》だったし、これは隼人にも教えなきゃって！」

「今思うと結構危ないことしてたなーっ！」

「こ、子供なんてそんなもんだしっ！」

揶揄《からか》うような声色で子供の時の話を振られれば、春希はギュッと抗議の意味も込めて隼人の腰に回した手に力を込める。

そんな春希がおかしいのか、隼人は肩をくつくつと揺らしながら橋を通り過ぎていく。

川を背にしながら山際の道を、都会のある東へ向かって走る。

するとと今度は、トタン屋根で出来た学校ほどの大きさのあるボロボロの廃工場と資材置き場が見えてきた。

「懐かしいな、あそこ！　元々は木材の加工場かなにかだっけ？　よく中に潜り込んで探検とかしたよな！」

「確か隼人、廃材で木刀づくりとかに嵌《はま》ってなかったっけ？」

「そうそう色んな剣とか作って、というか春希も相当装飾とか凝ったもの作ってなかったっけ？　確か暗黒星輝剣クラウ・ソラス＝アスカロン村正！」

「ぎゃーっ！！？？！？　かつてのボクながら痛々しいというかよくそんなの覚えてたというかって、隼人もミストルティン＝ジャガーノートX10Aなんてもの作ってたでしょ！　X10Aはどこから出て来たのさ!?」

「っ!?　そ、それはアレだ、アレ、アレ！　っていうかお互い忘れよう!?」

「隼人から振ってきたクセに、もぉーっ！」

「ははっ、あはははははっ！」

「………………あはっ！」

そしていつしか廃工場を通り過ぎる頃には、笑い合っていた。かつてと同じように。

その後も下らない話をしながら車輪を回している。

自転車から見える景色から、どんどん民家が少なくなっていく。

やがて村はずれの、山道への入り口付近にある辻堂《つじどう》が見えてきた。

ずいぶん昔からある六地蔵を屋根で囲っただけの、小さなお堂だ。

月野瀬を囲む山の麓《ふもと》であり、その背後には鬱蒼《うっそう》とした木々が広がっている。

隼人はそこで一度自転車を止めて降り、春希もそれに倣う。

そして隼人は目を細め、どこか懐かしそうな声色でポツリと呟《つぶや》く。

「そういや、逃げた源じいさんの羊を追いかけてここまで来たことあったっけ。山の方に逃げられなくてよかったよ」

「辻堂にある六地蔵だけど、人里の境界にあって村を見守るって言われてるね。だからメエメエもここまでしか来なかったのかも」

「かもな、っていうか詳しいな、さすが優等生。そういやあの時源じいさん呼びに行った姫子《ひめこ》、途中で迷子になったっけ」

「そうそう、泣いてるところを源じいさんに見つけてもらって、そのまま軽トラで一緒に来たんだよね」

「あの後さ、家に帰っても『ひつじー、まいごー、うわーん』って泣き止まないから、妹を泣かすなって怒られた」

「あはっ、その時の様子、思い浮かぶよ」

目を閉じて瞼《まぶた》の裏に映るのは、母の真由美《まゆみ》に叱られ涙目になっているはやとと、その隣で泣き止まないひめこ。きっと、どの家庭でもよく見られるような光景。

想像しただけでも微笑ましい。口元が緩む。

しかし翻って、あの頃の自分はどうだったか？

『またこんなに汚して帰ってきて！　洗濯が大変になるの、わからないのか！』

叱責と共に飛んでくる祖父母の拳《こぶし》。

熱くなる頬に、暗い廊下。

無機質に見下ろされる4つの瞳。

ロクな記憶が残っていない。

何度夜に昼間の残滓《ざんし》を求めて家を抜け出し、神社にある秘密基地へと向かったことか。

知らず、拳を握りしめる。俯《うつむ》く顔の眉間《みけん》に皺《しわ》が刻まれていく。

そして目を開けると、自らを覗き込んでくる隼人と目が合った。

「俺さ、春希が居なくなってから自転車乗るようになったし、身体も大きくなって体力も付いて、地理もわかるようになった。どこにでも行けるようになった。……けど、それだけだった。1人じゃなにもしなかったし、出来なかった」

「え、あ……うん？」

「考えてみたらさ、この辻堂もさっきの廃工場も山の中の至る所も……向こうの都会でだってそうだ。カラオケ、映画館、プールにバイト。どこか初めての場所に行ったり、新しいことをするときは、いつだって春希と一緒だった」

「隼、人……？」

隼人は少しばかりの自嘲《じちょう》の色を乗せて呟き、ふいに眉を寄せたかと思うと、ガリガリと頭を掻《か》く。そして視線を、村を隔てる目の前の山へと向ける。

その表情は春希から見えない。同じように視線を山へと移す。

大きな山だ。都会で目にしたどの山よりも高く、そして外界と月野瀬を隔てている。

「俺さ、きっと1人じゃ何もできないちっぽけな奴なんだよ。でも……いや、だからさ、今からこの山の向こうへ行ってみようぜ、相棒！」

「………え？」

突然のことに、春希は目をぱちくりとさせた。

いきなりで、そして支離滅裂な提案だった。

こちらへ振り向いた隼人は無邪気で子供の時と同じ悪戯っぽい笑みを浮かべている。

まったくもってわけがわからない。

だけど相棒と呼ばれて手を差し出されれば、迷いもなく反射的に摑《つか》んでしまう。断れるはずもない。

そして何より、ドキドキと胸が高揚していく自分が一番理解できなかった。

「よーし、行くぞーっ！」

「え、ちょ、待ってよーっ！」

腕を引かれ、再び車輪が回り出す。

月野瀬を囲む山、それらを越える峠道の1つ。

その曲がりくねった登り坂を、隼人は歯を喰《く》いしばりながらペダルを漕いでいた。

「うぐおぉおおぉぉおおぉっ！」

「大丈夫!?　ボク、降りようか!?」

「いや、いい！　ていうかここで春希を降ろすとなんか負けた気がする！」

「あはっ、そう言われると何となくわかるだけに何も言えないやっ！」

ハブステップの上に立ち、隼人の肩に手を置いた春希が笑う。

初めて通る道だった。

林道だか県道だかわからないがろくに舗装も整備もされておらず、時折バスケットボール大の落石が行く手を阻むこともある。

そんな険しい道を、何が可笑《おか》しいのか春希と隼人は笑いながら自転車を走らせていく。

眼下にはどこまでも広がる谷と川、そして木々。

知らない景色に胸を躍らせる。自然と笑いがこみ上がる。

正にこれは冒険だった。

東の空はまだ澄み渡るように青く、中天へと昇り始めた太陽の光が木々の合間を縫って降り注ぐ。時折吹き付ける南西からの風も追い風だ。

「うわっ⁉」

「きゃっ⁉」

その時ガサリと山から鹿が飛び出してきた。

隼人は慌てて急ブレーキを掛け、春希も後ろへ飛ぶようにして降りる。

鹿も驚きその場に固まり、互いに見つめ合う。

しかしそれも一瞬、鹿はこちらを一瞥《いちべつ》するとそのまま谷側の茂みの中へと身を躍らせていく。どこか唖然《あぜん》としていた隼人がポツリと呟く。

「……まさか鹿に煽《あお》り運転されるとはな」

「ぷふっ！　何言ってんのさ隼人、鹿の煽り運転って！」

「月野瀬だからこそ、のやつだな、ははっ」

「うんうん、田舎道だもんね、あはっ！」

春希は隼人と顔を見合わせ笑い合う。

これはきっと都会に戻った時の、いい土産話になるだろう。

そしてひとしきり笑い終えた後、自転車を立て直して再び走らせようとする。

だが登り坂での2人乗り発進は中々に難しい。

悪戦苦闘と試行錯誤を繰り返し、春希が後ろから荷台を押して加速してから飛び乗るという、曲芸じみた方法で再び走り出した。

「器用だな、ていうか猿だな！」

「むっ、誰がサルでゴリラで粗忽《そこつ》モノだって⁉」

「そこまで言ってねぇ！」

「いいや言ったね、心の中で言ってたね！」

「心の中を読まれてたまるか！　読めるなら、今俺が考えてること読んでみろ！」

「『原付だったら登り坂も楽だろうなぁ……やっぱさっさと免許取って原付買おう、中古の安いやつ！』、かな⁉」

「……大体合ってる、ていうかよくわかったな」

「ふひひ、ボクも今同じようなこと考えてたからね」

「そうかよ！　ま、原付があったら自転車よりも簡単にもっと遠くへ行けるようになるだろうな」

「……それって、向こうとこっち《都会と田舎》を行き来できるくらいに？」

「それは……どうだろうな」

　隼人は即答することが出来なかった。

　新幹線やバスを乗り継ぎ約半日。車ならほぼ丸1日。原付でも行けないことはないだろうが、どこかで1泊しなければならないだろう。移動だけでちょっとした小旅行だ。

それだけ、都会と田舎は離れている。

それだけ、はるきとはやとは隔てられていた。

そしてそれだけ、数日もしないうちに沙紀との距離が出来てしまう。

ふいに先ほどの沙紀の神楽舞《かぐらまい》を、その時の表情を思い出す。

一体どれだけの想いを込めて舞っていたのだろう？

かつて都会に引っ越したばかりの頃を思い出す。

ロクに帰ってこない母親。

1人きりの暗い家。

大勢の中に居るにもかかわらず孤独を感じる小学校。

居場所が無かった。

い、はやとに会いたかった。

身を焦がすほどの想いと共に膝《ひざ》を抱え、それらを誤魔化すように勉強、ゲーム、趣味へと没頭していくどこか歪《ゆが》んだ滑稽《こっけい》な日々。

だけど。だけれども。

渇望、孤独、焦燥、そして絶望――それらを抱えてなお、沙紀はあの神楽を舞っている。

……純粋な心を込めて。

一体どれほど隼人のことを想っているのだろう？

そのことを考えると胸が軋《きし》む。他人事《ひとごと》とは思えない。

目の前には車輪を必死に回す隼人。

肩に置いた手のひら越しに、筋肉の躍動が伝わってくる。

大きな背中だ。

思えば幼い記憶を探れば、この背中をよく見てきた。

知らず、ギュッと肩に置いた手に、離しはすまいと力を込める。思いが零《こぼ》れていく。

「……月野瀬ってさ、やっぱり遠いよね」

「そうだな、遠いな」

「学校が始まっちゃうとさ、沙紀ちゃんと気軽に会えなくなっちゃうね」

「次は冬になっちまうな」

「4ヶ月は長いよね……」

そう言って春希は空を見上げた。南西から迫ってきている薄雲が空の半分くらいを占めている。それらから逃れるように東を目指す。

会話はなく、シャラランと車輪が回る音だけが響く。

そんな中、隼人がポツリと言葉を零した。

「春希は村尾さんと、その、随分と仲良くなったんだな」

「……へ？」

「まぁ、うちじゃなくて神社に泊まってるくらいだし、他にもなんか色々とやってるみたいだし……」

「隼人……？」

「なんていうかその、みなもさんもそうだけど、友達が増えるのは悪いことじゃないから、あぁ、もうっ！」

「うわっ⁉」

どこか拗《す》ねた声色だった。

そしていきなり立ちあがり、より一層勢いよくペダルを漕《こ》ぎだす。心なしか耳が赤い。

春希はきょとんとその様子をみているうちに、理解が及ぶと共に胸に湧き上がってくる情動があった。口元が緩んでいく。

「あは、あはははは。はっ！　なぁに？　もしかして隼人、ヤキモチかな？　かな？」

「なっ⁉　ち、違《ちげ》ぇよ、その、何ていうかだな……っ」

「んー、これは『女の子同士集まってて、何か仲間外れにされてるようで釈然としない』、ってとこかな？」

「……心を読むんじゃねーよっ！」

「ふふっ、あはっ！　隼人にも可愛いところあるんだねーっ」

「あぁもう、うっせぇ！」

春希が笑うと、隼人は躍起になって自転車の速度を上げる。

完全に隼人の照れ隠しだった。

ガタガタと自転車の上で２人、肩を揺らす。

いつしか笑顔がもどっていた。

加速した自転車が山の頂上に達し、峠を抜ける。

「これ、は……」

「……すっご」

そして目の前に飛び込んできた光景に、思わず息を呑《の》んだ。

眼前に広がるのはどこまでも続く水面。

おそらく月野瀬の村ならまるごとすっぽり入ってしまう程の、あまりにも巨大な湖。朝陽を受けてキラキラと宝石のように輝いている。

まさか山の中でこんなものを目にするなんて、想像もしてなかった。

どちらからともなく自転車を降り、ただただ言葉も忘れて見入ってしまう。

驚愕《きょうがく》、興奮、感激、様々な感情が胸で渦巻き混ざり合っている。

きっと、期せずして隠されていた宝物を発見したら、こんな感情になるのだろう。

「隼人、見て、あそこ！」

「あの建物は……あぁ、なるほど。ここ、ダムなのか……そういや小学校の頃、習ったような気がする」

「ダム湖かぁ……それにしてもおっきいね」

「そうだな……」

「これってさ、海まで流れていくんだよね？」

「そのはず、だけど……こんな山の中だし、なんか全然想像つかないや」

「しかもさ、下流に住んでる何百万って人の生活の水を支えてたりするんだよね？」

「……なんかもう、わけがわかんなくなってきた」

「……ボクも」

なんとか知識と知っている事柄を集めて、目の前の光景を自分の中に落とし込んでみようとするも、どうにもうまくいかない。

先日行ったプールも確かに大きかったが、それとは比べ物にならない水量だ。圧巻だった。これが人の手で作り出されただなんて、にわかには信じられない。

圧倒されながらも、視線はダム湖に釘付《くぎづ》けだ。

そして無言でただただ立ちつくす。

朝陽が春希たちを照らし、ザァッと吹いた風がダム湖に波紋を広げていく。

目の前のこれと比べると、人はなんて小さな存在なのだろうか？

足元が覚束ないような不安に駆られる。

ふと視線をずらせば隼人の背中が目に入った。

先ほどまで——いや、思えば幼いころからずっと見てきた、背中。

右手が吸い寄せられるようにして、そのシャツの背中を摑《つか》んだ。

「——き」

そして春希は自分でも思いもよらない言葉を零す。

信じられないとばかりに目をぱちくりさせる。

すると隼人が不思議そうな表情で振り返り、顔を覗《のぞ》き込んできた。

「春希？」

「え？　あ、いやボクさ、背中！　昔から隼人に強引に引っ張られて、だからその背中と一緒に、今みたいな色んなものを見て来たなぁって」

「俺、そんなに振り回してたっけ？」

「そうだよ。だからボク、隼人のそんな背中が好きなんだなぁって……」

「……っ！　そ、そうか」

「ふふっ」

春希の言葉で顔を赤くした隼人はガリガリと頭を搔《か》き、そして「あー」とか「うー」とか唸《うな》り声を上げながら視線を前へと戻す。

春希は胸に手を当てその隣に並ぶ。

すると隼人は手を下ろし、ため息を1つ。そしてすぅっと目を細めた。

「この景色さ、すごいよな。きっとこれからもずっと忘れられない、思い出になるなって」

「うん、そうだね。ボクもそう思う」

「けどさ、この景色ってきっと、春希がいなかったら見に来なかった。春希が探検の相棒だったからこそ、見つけられた」

「隼人……？」

そして隼人は笑う。

屈託のない、子供の頃と同じ無邪気な顔で。

かつてと同じ春希を相棒と呼び、連れ回した時と同じ表情で。

あぁ、これはきっと、春希にだけ見せるものなのだろう。

だから春希も釣られて、にししと子供の頃と同じ悪戯《いたずら》っぽい笑みを零す。

胸がドキリと跳ねる。

すると隼人は少し恥ずかしそうにしながら、奥歯にものが挟まったように言葉を紡ぐ。

「あー、ええっとなんていうか、春希はそういう風に笑っていた方が、俺もその、好き、……というか……」

「ふぇっ⁉　え……あ……っ」

不意打ち気味にそんなことを言われれば、思わず頭が真っ白になってきょとんとしてしまう。だがその言葉がじんわりと胸へと入り込んで来れば、たちまち頭の先から湯気が出そうなほど血が上っていくのを自覚する。

それは隼人も同じのようで、互いにゆでだこのようになった顔を俯《うつむ》かせ、無言で気まずい空気が流れる。

胸が騒がしい。

でも決して悪い気分じゃない。

それから隼人はぽりぽりと人差し指で頬を掻き、ごく自然な流れで今までと同じように春希の頭を撫《な》でようと手を伸ばして――それをそっと摑んで止めた。

「……春希？」

「それは、ダメ」

「ダメって……」

まさかダメだなんて言われるとは思っていなかった隼人は、困惑の表情を浮かべる。

そして春希は困ったなと眉《まゆ》を寄せ、何とも言えない声色でその理由を呟《つぶや》いた。

「今、妹《ひめちゃん》と同じように扱われると、ボク、女の子になっちゃうから」

自分でもよくわからないな、って感じの言葉だった。

だけど、そうとしか言えない理由だった。

隼人は目をぱちくりとさせた後、視線を逸《そ》らし「悪《わり》ぃ」と呟く。

春希は「別に隼人は悪くないけど……」と返し、共に水面を眺める。

ダム湖には逆さまになった山と空が映り、朝陽を受けてキラキラと輝く。

ふぅ、と大きなため息を1つ。

ぎゅっと隼人の袖《そで》を摑んだ春希は、少し言いにくそうに自らの願いを零した。

「ね、隼人。一緒に行ってほしいところがあるんだ」


東の空にある太陽が薄雲に覆われていく。

吹き付ける風もどんどんと強くなってきている。

あと数時間もすれば暴風雨に見舞われるだろう。

「今さ、田舎の空き家問題ってよく聞くよね」

「ここって……」

「そ、お祖父《じい》ちゃん家《ち》、だったところ」

隼人と共にやってきたのは、春希がかつて暮らしていた祖父母の家だった。

月野瀬でも一際大きく、古めかしい。一部の窓ガラスは割れており、隙間風を唄《うた》う。

廃屋と言っていいほど傷んでおり、庭も雑草が伸び放題。

今も時折風に当てられ、ガタガタと身体を揺らし喚《わめ》き、台風の直撃を受ければどうなるのか、見ていて不安を煽《あお》られる。

「……」

「……」

春希は、ぎゅっとシャツの裾《すそ》を握りしめた。

この家に良《い》い思い出なんてない。それでも記憶の中と比べて随分と落ちぶれた姿を目の当たりにすれば、上手《うま》く処理できない感情が胸からせり上がってくるものがある。

どうしてここに来ようと思ったのか、自分でもよくわからない。

確かなのは、1人なら決してここへ来ようとは思わなかっただろう。

しかし過去があったからこそ、今があるのも事実。

何ともいえない表情で、ふぅ、っとため息を吐く。

すると隣からガシャンという音が聞こえてきた。

視線を向けると隼人が自転車のスタンドを立てており、そしてどこか遠い山の方を――かつて『いわとはしらの戦場』と呼んで遊んだ、二階堂《にかいどう》家主導で開発しようとして頓挫《とんざ》した場所へと視線を向けたまま、ひどく真剣な声色で呟いた。

「俺、あの頃の春希のことが知りたい」

「隼、人……」

ドキリと胸が跳ね、息を呑む。

ぎゅっと摑んだままのシャツの裾を下へと引っ張る。

言葉に詰まる。何と言っていいかわからない。

そもそも、春希自身が目を背けてきた部分でもあるのだ。

胸の中で絡まったものを意識して、言葉を捻《ひね》りだしていく。

「多分、聞いても面白くない話だと思うよ」

「それでも、春希のことだから。俺も、本当の特別になりたいから」

「……っ!?」

一瞬頭の中が真っ白になる。ビクリと肩が跳ねる。

それはかつて春希が隼人に告げた言葉。

振り向いてみれば隼人はしっかりと春希を見据え、どこまでも真っすぐな眼差《まなざ》しをぶつけてくる。視線が絡む。

それは今まであやふやにしていた部分へ、一線を越えて踏みこむという宣言だった。

「……あは、その言い方は卑怯《ひきょう》だなぁ」

「ちゃんと知っておきたいんだ」

「……」

「……」

いずれ前へ進むために向き合うべきだと、頭では理解している。

はぁ、と観念したように大きなため息を1つ。

「こっちきて」

そして敷地へと足を踏み入れた。

後ろからは隼人が黙ってついてくる。母屋《おもや》の入り口を通り過ぎ、隣接する土蔵の前へと足を運ぶ。母屋よりも古めかしい造りの土蔵だ。

隣にある木も随分古く大きく、年代を感じさせる。

それだけ、どちらともぼろい。

土蔵の漆喰《しっくい》はとっくに剝《は》がれているだけでなく、所々骨組みである丸竹さえ剝《む》き出しになっている。

2階部分にある小さな窓は格子もガラスも崩れて無くなっており、吹きさらしの状態。

大きくて重厚な造りなだけに、あちらこち朽ちている様子は、どこか物悲しい。

「ん～、大丈夫かな？　……よっと！」

「っ!?　あ、おい、春希！」

そう言って春希は自分の身体と土蔵の隣の木を見回し確認したかと思うと、驚き制止する隼人の声を背に受けて、するすると慣れた様子であっという間に上っていく。

淀《よど》みない動作で壊れた窓に手をかけ、一瞬引っ掛かりを覚えたのか動きが止まるものの、するりと中へと身体を滑らせた。あっという間の出来事だった。

隼人が呆気《あっけ》に取られてその場に立ち尽くしていると、土蔵の中から『のわーっ⁉』という春希の声と共に、どたばたがっしゃん、盛大に何かを倒す音が聞こえてくる。

そして数拍の間を置き、ギギギと土蔵の片方の扉が開く。

蜘蛛《くも》の巣《す》を被《かぶ》り埃《ほこり》で化粧を施した春希が、バツの悪い顔を覗かせた。

「えぇっと、カギ、開いてました……」

「……ぷっ！　あははははは！」

「ちょっ、笑わないでよーっ！」

春希は拗《す》ねた様子で唇を尖《とが》らせそっぽを向く。

それを目にした隼人が「悪《わり》ぃ、悪ぃ」と宥《なだ》めすかせば、ふぅ、と息を吐く。土蔵の扉を開け放ち、春希は隼人を招き入れた。

「ようこそ、かつてのボクの部屋へ」

「部屋って……」

「ここ、あまり変わってないなぁ」

「…………っ」

隼人は目に飛び込んできた光景に、思わず顔をしかめた。

鼻につく湿っぽくカビくさい臭いは窓が壊れたからだろうか。

内部は薄暗く、差し込んだ光の条の中で埃が舞っているのはいいとする。

今にも崩れそうな梁《はり》に、外と同じく骨組みが剝き出しになっている土壁。

そこかしこに置かれた一目で壊れていると分かる簞笥《たんす》や机等の家具。

割れた食器に年代を感じさせる、教科書の資料で見たような木製の農耕器具。

明らかに不要なモノが押し込まれていると物語っている蔵だった。

上を見上げればロフトのような2階部分と、所々から光が差し込んでいる。雨が降ればどうなるかなんて、容易に想像できる。

とてもじゃないが、人が住むような場所とは思えない。

それが幼い子供ならば、なおさら。

啞然《あぜん》とする隼人を敢《あ》えて無視した春希は、能面のような顔で苦笑を零《こぼ》し、ある一角へと視線を促す。

「あそこ、ボクのベッド。まぁねぐらとか巣とかって言った方がいいかもだけど」

「……」

そこにあったのは、いくつか重ねられた古い畳。

表面はボロボロでささくれ立っており、至る所に日に焼けた跡とシミ。

近くには敷き布団の代わりに使っていたのかくたびれた破れたタオル類。

他にも周囲と比べれば割とましな家財道具と仕切りにしている衝立があり、そこを部屋という体に作り上げていた。

「一応ここ、母屋ともつながってるけどね」

「……でも、あれ」

「………うん」

「……」

隼人は渋い顔で言葉を呑《の》み込んだ。その手はうっ血するくらい強く握りしめられている。奥歯は強く噛《か》みしめられ表情がゆがむ。

確かに春希の言う通り、母屋へと通じる扉が見える。

だがそこには到底子供には運べないであろう大きさの箪笥で、大部分を隠されていた。

隙間を見るに、子供ならともかく大人が通るには困難だろう。

それは如実に春希と祖父母との関係を表していた。

しかし春希はことさらなんてことない風に言葉を紡ぐ。

「ボクさ、おじいちゃんやおばあちゃんの前ではいつもにこにこ笑ってた」

「……は？」

「なんだかんだで食べたり寝たり、お風呂《ふろ》も着る物にも困らなかったしね。まぁ菓子パンばかり一生分食べたような気もするけど」

そこで春希は言葉を区切り、倒れていた円筒状のプラスチックのゴミ箱を拾い、ひっくり返す。中からいくつか薄汚れたビニール袋が転がり落ちた。

そして自嘲《じちょう》気味に言葉を続ける。

「もっとも、笑ってばかりで気味が悪いとも言われたけど。まぁ今思えばその通りだよね」

「そんなこと……っ」

隼人が何かを言いかけるがしかし、それを遮るように春希が振り向き、困った笑みを浮かべた。

「どんな時でも笑ってさえいれば、何かされるようなことはなかったから。だからボクは都会に引っ越してからもね、よくにこにこと笑うようにしてた。お母さんの前で、学校の皆の前で、もちろんご近所でも」

「春希、それって……」

「うん、そう。皆に好かれる良い子であろうとして、そんな演技《計算》ばかりするようになって、そうしてボクは私になって、二階堂春希になった」

そう言って春希は、これで話はおしまいとばかりにぎこちなく笑う。

自分の心を押し殺し、辛《つら》いことを上手くやり過ごすための仮面《笑顔》を作る――今の春希を形作るルーツ。それは幼いはるきが辿《たど》り着いた処世術。

春希の話を聞き終えた隼人は、鬼のような形相で胸に手を当て引っ掻《か》いた。

それからふぅぅと昂《たかぶ》るものを落ち着けようと、大きく少し震えながら息を吐き出す。

「隼人……？」

「なんでも、ねぇ……」

「なんでもないって……」

「………」

「……そっか」

春希は少しばかり面食らった様子で隼人の顔を覗《のぞ》き込み、そして何も言えなくなる。

否、その顔が全てを語っており、言葉は必要なかった。

むしろ、中途半端に形にしてくれない方がいい。

ただ、あるがままを春希のかつてを受け止めてくれている。

それがなによりも、嬉《うれ》しかった。

隼人はそれでも何かしら自分の想いを伝えようと、ガリガリと頭を掻き回し、ゆっくりと言葉を紡いでいく。

「……その、よくわかんないけど、なんていうかさ、春希は少しくらい我儘《わがまま》を言ってもいいかもな」

「我儘……？」

その言葉を聞いて、目をぱちくりとさせた。

期せずして、先日沙紀へと告げたのと同じ言葉。

しかしどういうことかと、今一つピンとくるものがない。

首をかしげていると、隼人はより一層難しい顔を作り、唸《うな》る。

「思い返せば学校での避難場所とかお昼とか、放課後一緒にゲームとか、春希はいつも些《さ》細《さい》なことばかりっていうか……あぁ、だから！　なんていうかだな！　多少無茶を言って、そうするとなんか俺が振り回される未来が明確に見えて！　だからこれやっぱ無しで！」

「ちょっとどういうことさ⁉」

「ははっ、そういうことさ！」

「もぉ～っ！」

いつもの空気が流れる。

互いの顔も緩んでいく。

そして、心も少し解《ほぐ》されていた。

だから春希は、ふと心の中で抱えていたものを吐き出す。

「ね、隼人。1つだけ、いいかな？」

「早速我儘か？」

「我儘……ん、どうだろ、わかんない。実はここ最近、時々考えてたことがあるんだ」

「考えてたこと？」

そこで春希は言葉を区切る。

背筋を伸ばし、胸に手を当て隼人と向かい合う。

「今のボクって、本当のボクなのかな？」

「……え？」

隼人は瞠目《どうもく》し、息を詰まらせた。

みるみる大きくなる瞳《ひとみ》で見つめられ、春希は眉間《みけん》に皺《しわ》が寄るのを自覚する。

答え辛《づら》い質問だろう。そもそも春希の中ですら、明確な答えが存在しないのだから。

しかしずっと考えていたことでもあった。

隼人の前での自分も、もしかしたら――

バカバカしいことだ。だけど、考えだすと止まらなくなる時がある。

沙紀のことを強く意識すると、特に。

「……」

「……」

そんな春希の心の裡《うち》が隼人に伝わったのか、一転、何とも言えない空気が流れる。

隼人は難しい顔をしたり、困った顔になったり、渋い顔を作ったり、百面相。

春希はそれを、顔に出やすいんだから、なんて思いながらくすりと笑みを零す。

思えば少し意地悪な質問だったかもしれない。

頭《かぶり》を振って意識を切り替え、口を開こうとして――何かが聞こえた。

「春――」

「しっ！　……何か、聞こえない？」

「……外の風の音とかでなく？」

「うん……2階？」

小さくか細く、だけど妙に心に引っかかる声だった。

そしてやけに胸の中の脆《もろ》い部分を疼《うず》かせる。

正直、少し不快にも感じたが、どうしてか無視できそうにもない。

そんな情動に動かされ、音の出処を探り、2階部分へと登った。

極限まで目を凝らし、耳を澄ます。

「――――っ」

「聞こえた！」

「俺も聞こえた、あそこだ！」

「……え？」

春希が侵入した時に倒し、崩れて折り重なった道具の隙間。

暗がりに慣れてきた瞳がそれを捉《とら》える。

「子猫……？」

「…………みぃ」

黒、茶、白の3つの色が入り交じった毛皮の、手のひらに乗りそうなほどの、本当に小さな子猫。春希が入ってきた窓から、母猫が入ってきて産んだのだろうか？

しかし母猫の姿はどこにも見当たらない。

見捨てられたのか、それともエサを取りに行って不幸があったのかもわからない。

ただ確かなのは、ぐったりとした様子で横たわったままかすかな力を振り絞り、「みぃ、みぃ」と縋《すが》るように、懸命に鳴き声を絞り出している。

「………………ぁ」

春希が恐る恐る抱き上げた子猫は、驚くほどに冷たかった。

まだ体温調節が出来ていないのだろうか？　手のひらから徐々に熱が、命が消え入りそうになっていくのがわかる。わかってしまう。そのくせ必死に春希にしがみ付こうとくすぐるように爪を立て、消え入りそうな鳴き声で訴えている。

「ど、どど、ど、どうしよう、隼人、この子、生きたいって、だから、気付いてって、鳴いて、でも小さく、弱く、冷たいよ！　ねぇ……ねぇっ！」

「春希！　落ち着け！」

「このままじゃこの子っ！　ボク、どうすれば、なにをっ……わかんない、わかんないよぉ、ひっく、小さくて、この子、なにもできないのに、誰かが、でもボクは、なにも、やだよ……やだよぉぉっ！」

子猫と自分を重ねてしまった春希は、完全に取り乱してしまった。思考がぐるぐるとしたまま溢《あふ》れ出す感情に追いつかず、翻弄《ほんろう》され、泣き出してしまう。号泣だった。

ただ、手のひらにある命をどうにかしないといという使命感にも似た想いだけが空回りしている。隼人が肩を揺さぶり声をかけてくれているが、どうしてか理解できない。

頭の中は色んな思いと感情でぐちゃぐちゃで、目の前が真っ暗になっていく。

「この、バカッ！」

「っ⁉」

しかしその時、ごつんと頭に大きな衝撃を受け、我に返った。

「痛《いっ》ぅーっ、この石頭！」

「え、あれ、隼人……？」

「え、あれ、隼人、じゃねぇ！　いいからまずは深呼吸しろ、ほら吸って、吐いて、早く！」

「う、うん……すぅ、はぁ……すぅー、はぁー」

言われるがまま呼吸を整えるうちに、視界もクリアになっていく。ひりひりする額が頭を冷やしてくれる。

目の前には春希の頬を両手で掴《つか》み、目尻《めじり》に涙を浮かべている隼人。

どうやら頭突きをしたらしい。まったくもってはやとらしい。

だけどその眼差《まなざ》しは真剣な色を湛《たた》えており、有無を言わさず、そしてどうしてか安心してしまうものだった。

「春希、その子を助けるぞ」

「……うんっ！」

そして不敵な笑みを見せる隼人に釣られ、春希も力強く頷《うなず》く。

全くもって根拠はない。

しかし不思議なことに、子猫はもう助かると思ってしまったのだった。

◇◇◇

ごぅっ、と強い風が家屋を叩《たた》く。

空はどんよりと曇っており、太陽を隠している。

「春希さん、どこに行ったんだろ……」

沙紀は姿を見せない春希を捜し、きょろきょろと神社周辺をうろついていた。

しかし直前に迫った祭りの準備、そして台風の対策をする親戚《しんせき》や氏子の姿があるのみ。

一応彼らに話を聞いてもいるが、知らないという。

神楽舞《かぐらまい》を担当する沙紀に割り振られる仕事は特にはない。

どこか忙《せわ》しない空気の中、所在なげにぶらついているとふいにスマホが通知を告げた。

画面には想い人《はやと》の文字。ドキリとしつつ慌ててタップする。

『村尾さん、弱っていて猫が小さくて、鳴いてて、今すぐどうする助けてくれ』

「お、お兄さん⁉」

『今蔵が前で二階堂のところで、風が強くて、自転車で、子猫が春希を抱えてて』

「あのその落ち着いてくださいい⁉　えっと、今どこですか、それから――」

淡々と告げる言葉はやけに冷静な声色だったが、内容は支離滅裂だった。

沙紀は困惑しつつも、丁寧に状況を聞き出していく。


どうやら弱った子猫を保護したらしい。

何とか話を聞き出した沙紀は、とりあえず隼人と春希の２人と合流することに。表情を曇らせた心太も、小走りで付いて来ている。

待ち合わせ場所は村の中央にある郵便ポスト。月野瀬で一番目立つところ。

「お兄さん！　春希さん！」

「村尾さん！」「沙紀ちゃん！」

「その子が……っ！」

春希が胸に抱える子猫を見た瞬間、沙紀の背筋がぞくりと震えた。

ぐったりとして身動きせず、まるで生を感じさせない力の抜けた毛並み。

いつ絶えてしまうか分からないかすかな呼吸、すぐ傍に迫っている濃厚な死の影。

きっとほどなくしてこの小さな生命は、どこか手の届かないところに搔《か》き消えてしまうことだろう。

ふいに2ヶ月前のある日いきなり訪れた別れ、その時の感情が思い起こされ、たじろぎ
――その時、ぎゅっと沙紀の巫女《みこ》服の袖《そで》が引っ張られた。

「ねーちゃ」

今にも泣きだしそうな顔の心太。その瞳が不安そうに揺れている。

――助けなきゃ。

隼人と、そして春希とも目が合い、頷き合う。気持ちは同じだと伝わってくる。

だけど妙案が浮かぶというわけでもない。

沙紀たちはまだ14、15歳。心太に至ってはまだ7歳なのだ。

焦燥感の混じった沈黙だけが流れていく。時間は子猫にとって明確な敵だというのに。

強く握りしめた拳《こぶし》に爪が食い込んでいく。

「おーい、隼坊《はやぼう》！　それに春坊に沙紀坊に心坊……？」

「あらあら、皆こんなところで何やってるの？　台風近いわよ？」

「「「っ!?」」」

するとその時、軽トラに乗った兼八《けんぱち》さんが現れた。助手席には奥さんの姿。

「うん？　霧島《きりしま》の坊たち何やってんだ？」

「んめぇ～」

「お、沙紀ちゃん神社の方はいいのかい？　心太くんは今年主役だろう？」

「台風の日まで悪だくみ……ってちょっと待て、その子⁉」

「大丈夫⁉　すごくぐったりしてるけど⁉」

「ちょっとちょっと、何事だい⁉」

それだけでなく羊と一緒の源じいさんや、近くの畑に居た顔見知りの村人たちが、何事かと次々と集まってくる。目立つ場所で神妙な顔をしていた沙紀たちのことが、気になったのだろう。

そして話題はすぐに春希が抱える子猫に。

この場がにわかに騒《ざわ》めいていく。

「…………みぃ」

その時、沙紀はかすかな子猫の鳴き声を捉えた。

残りの生命を懸命に燃やして発した、助けてと聞こえる声を。

いつも見ているだけで何も言えない沙紀と違い、必死になって伝えている。

目が大きく見開かれる。

「あ、あのっ！」

気付けば大声を出していた。

騒めきが止み、周囲の視線が集まる。

感情が先走って思わず口を突いて出ただけだ。何を言っていいかわからない。

だけど沙紀は周囲を力強く見返し、そして必死になって言葉にして紡いでいく。

「源さん、先日羊の出産の時にお世話になった獣医さんに連絡とれますか⁉」

「あ、あぁ。でもあそこ家畜の相手がほとんどで……いやそんなこと言ってる場合じゃないな。よしきた、車を出す！　春希ちゃん、そのチビごと付いてきな！」

「う、うん！」

「めぇ～っ！」

「ぼ、ぼくもいく！」

「心太くんも⁉　まぁいい、来な！」

「兼八さん、子猫の食べ物とか必要になりそうなものの買い出しに連れてって下さい！

今から調べますから！」

「沙紀ちゃん⁉」

「ほらあんた、沙紀ちゃん連れてこのまま行ってきな……ってお金はどうすんだい⁉」

「あ、ワシの財布ごともってけ！」

「いいんですか⁉」

「がっはっは、いいんだよ、それくらい！　それよりも源さんや兼八さんの畑は……」

「なら、そっちは俺が回るよ。元からそのつもりで家を出て来てたし！」

「任せた霧島の坊！」

沙紀の言葉を皮切りにして大きなうねりが生まれ、どんどんと話が纏《まと》まっていく。あっという間だった。そして祭りのようだった。その中心に居るのは沙紀。

そして沙紀は、この地に連綿と続く神社の巫女は、皆の意見と想いを束ね言葉を紡ぐ。

「この子を助けましょう！」

「おぅ！」「よしきた！」「任せな！」「張り切り過ぎるな、じじいが！」「ぎっくり腰、再発してもしらんぞ！」「誰がするか！」「がっはっは！」

そしてバラバラの言葉とは裏腹に、皆の心が重なった。

◇◇◇

ザザザァと大きな音を立てながら、暴風雨が地面を叩く。

月野瀬の山も、まるで狂宴のように台風を唄《うた》い踊っている。

空は黒く厚い雲に覆われ、まだ夕方にも早い時間だというのに、世界に黒い影を落とす。

そんな中、隼人は全身びしょ濡《ぬ》れになりながら自転車を走らせていた。

「くそっ！」

畑の方は、なんとか一段落つけられた。

しかし雨に降られ、昼食も抜きで身体はくたくただ。ペダルもやけに重い。

それでも身体を動かしていないと、不安があった。

子猫はどうなったのだろうか？

あれから連絡はまだもらっていない。

「ただいまーっと！」

帰宅してすぐ、廊下に水たまりを作りつつ洗面所に向かう。

ガシガシと身体を拭《ふ》いてサッと着替えてお風呂《ふろ》を沸かし、やっと人心地つく。

するとその時スマホが通知を告げた。

『お兄さん、あの子は無事です！』

「村尾さん！　そうか、それはよかった！」

『慌ただしいけれど、他にも連絡しないとなので！』

「あぁ、今度詳しく聞かせてくれ」

『はいっ！』

通話が切れると共に、ホッと安堵《あんど》の息が漏れる。

すると気が抜けると同時に、ドッと身体に疲労がのしかかってきた。

ぶるりと身体が震え、頭も重い。眉《まゆ》を顰《ひそ》め頭《かぶり》を振って、それらを追い出そうとする。
「おにぃ、帰ってきたのー？」
リビングから隼人の帰宅に気付いた姫子の声が聞こえてきた。
なんてことない風な言葉の中には、少しだけ不安の色が滲《にじ》んでいる。
姫子はあれでいて、存外に寂しがり屋だ。
かつての母のこともあって、こんな雨の日は、特に。
だから隼人は努めて明るい声を出す。
「あぁ、畑の対策に手間取って。他に、も……あれ……？」
だが、掠《かす》れた声が出てくるだけだった。
そしてぐらりと世界が傾く。
身体は鉛のように重く、ぞくぞくと寒気がする。
何か言わないと――だがそれは叶《かな》わず、ドサリと音を立てると共に意識を手放した。

◇◇◇

「――はい、源じいさんもありがとうございました。……ふぅ、これで全員かな？」

沙紀は廊下の固定電話から、先ほどの子猫に関係した人たちへのお礼の電話を終えたところだった。

廊下は薄暗く、台風が屋根を叩《たた》く音が聞こえてくる。

沙紀はふぅ、とため息を吐きながら自分の部屋に戻った。

そこの一角では子猫が段ボール箱の中で毛布にくるまれて、すぅすぅと規則正しい寝息を立てている。見るものすべての顔を綻ばす、とても穏やかで、可愛らしい姿だ。

「…………」

だというのに、春希は硬い顔で子猫を眺めていた。

そこへカタンと引き戸が開き、沙紀が顔を出す。

沙紀は子猫の寝顔を見てふにゃりと相好を崩し、春希の隣に腰を下ろして話しかけた。

「よく眠っていますね。ええっと、低血糖と脱水症状、でしたっけ?」

「うん、ずっと飲まず食わずだったみたい。だから温かくして猫ミルクをあげれば大丈夫だって。思ったよりも丈夫で強い子だって」

「そっかぁ。良かったですね、にゃんちゃん……ふふっ」

そう言って沙紀が寝ている子猫の耳に、人差し指で恐る恐る触れる。

すると子猫はむず痒《がゆ》そうにピクリと耳を動かし、沙紀は「わぁ!」と瞳《ひとみ》を輝かせた。

小さな命だ。

沙紀は目尻《めじり》を蕩《とろ》けさせ、心の底から助かってよかったと安堵する。

色んな人を頼って上を下への大騒ぎ。だけどお礼の電話を入れた人たちは皆、口々によかったと言ってくれた。目の前の子猫を目にすると、本当にそう思う。

「沙紀ちゃん、ごめん……」

「ふぇ？」

沙紀が目を細めていると、いきなり春希に謝られた。

どうしたことかと春希の横顔を覗《のぞ》き込めば、暗い影を落としながら子猫を眺めている。

沙紀の視線に気付いた春希は、無理矢理笑顔を作りながら力なく呟《つぶや》く。

「その、ボクの我儘《わがまま》で色んな人巻き込んじゃってさ、しかもボク自身は何もせずオロオロしてただけで、皆にしてもらっただけというか……ご迷惑おかけしました」

春希は深々と頭を下げた。

肩は小さく縮こまっており、少し震えている。

まるで怒られるのを恐れている子供のように見えて――そしてふいに、月明かりに照らされた向日葵《ひまわり》に囲まれ膝《ひざ》を抱える幼いはるきを見た。

望んでも手が届かず、されど諦《あきら》めきれない姿が、重なる。

だから沙紀は、反射的に春希をギュッと頭から抱きしめていた。

「迷惑なんかじゃないです」

「さ、沙紀ちゃん⁉」

「助けたいから助けたんです。私も姫ちゃんも、お兄さんも、心太も、源じいさんも、兼八さんも、獣医さんも。きっと、メェメェたちも……春希さんはただの切っ掛けです」

「そう、なのかな……？」

「誰か厭《いや》な顔をしていた人がいましたか？　子猫が消えてもいいなんて思った人がいましたか？　無事が分かった時、喜ばない人がいましたか？」

「う、うぅん、皆よかったって……」

沙紀は想いよ伝われとばかりに、抱きしめた春希の頭を優しく撫《な》でた。春希は一瞬びくりと肩を震わせるが、まるで警戒を解いた猫のように力を抜き、身を委《ゆだ》ねる。

しばらくの間そうしていると、やがて顔を埋《うず》めたままの春希が、ぎゅっと沙紀の服の裾《すそ》を摑《つか》んだ。

「でも考えちゃうんだ……うちじゃお母さんに見つかったらと思うと飼えないし、隼人ん家《ち》はマンションでペット無理だし！　自分勝手に助けたいから助けて、ボクの我儘で、でもこんな無責任で！　ボクはッ、本当ッ、最低だッ！」

春希は自分を責めるかのように叫ぶ。

その声色には様々なやり場のない感情が渦巻いているのがわかる。

沙紀はそんな春希を見て目をぱちくりとさせ——眉を寄せた。

そしてコツンと春希にげんこつを落とす。

「えいっ！」

「っ⁉」

「春希さんは、バカです」

「沙紀、ちゃん……？」

　今度は顔を上げた春希が、少し怒っているかのような表情を見せる沙紀に、目をぱちくりとさせる番だった。

　そして沙紀はぎゅっと春希の両手を包むかのように握りしめ、眉を吊《つ》り上げたまま、諭すように言葉を紡ぐ。

「自分で何でもしようと抱え込まないでください。この子の里親は、ちゃんと私たちが探します。それとも、私たちはそんなに頼りないですか？」

「そ、そんなこと！　でも、頼っ……」

「源じいさんは『うちは既に羊がいっぱいいるし、今更猫が増えたところでな』と言っていますし、兼八さんの奥さんも色んな人に声をかけてくれています。うちのお父さんなんてその気になって、猫の飼い方を検索してました。この子の心配はもう何もありません」

「で、でも、あのっ……」

「それでも気になるんでしたら、このことは〝貸し〟にしておいて、今度私が困った時や我儘を言った時に助けてください。……ね？」

「……あ」

そう言って沙紀が小指を差し出せば、春希はそれをまじまじと見つめた後、おずおずと絡めてくる。沙紀がにこりと微笑めば、春希もはにかみ返す。

そして春希は、はぁ、と何やら様々な思いの詰まったため息を吐く。

「沙紀ちゃんってさ、隼人の言う通りほんと良い子だよね」

「え？」

ふいに春希の口からそんなことを言われれば、ドキリと胸が跳ねてしまう。

そして春希はきゅっと絡んだままの小指に力を込め、真っすぐに沙紀の瞳を見つめた。

「だからね、ボクは沙紀ちゃんのことが好き」

「っ⁉　え、えとその、私も春希さんのこと、好き、です、よ……？」

「こんなに綺麗《きれい》で可愛くて優しい良《い》い子で……ボクがもし男の子だったとしたら、沙紀ちゃんのこと好きになってたんだろうなぁ」

「あ、あの……あうぅ……」

混じり気のない春希の澄み渡る言葉が、沙紀の胸へとストンと落ちていく。

ましてや春希のような美少女から賞賛の声を浴びせられれば、ドキリと胸が騒《ざわ》めき落ち着かなくなる。

沙紀が顔を赤くして俯《うつむ》き頭から湯気をだしていると、ふふっと春希が笑みを零《こぼ》し、そして何か思いついた顔をした。

「隼人もそうなのかな？」

「え？」

「ちょっとなり切ってみるね」

「春希、さん……？」

春希がそう言うなり、突如纏《まと》う空気が一変した。

それはもう肌で感じるほど、はっきりりと。

「『――村尾さん』」

「っ⁉」

沙紀は大きく目を見開いた。

瞳に映るのは艶《つや》のある長い髪、細い線の身体に滑らかな白い肌。そしてくっきりとした目鼻立ちの、清楚可憐《せいそかれん》な美少女。

発せられた言葉も凛《りん》とした鈴を振るような可愛らしい声だ。そのはず、だ。

だというのに――に見える。見えてしまう。

沙紀が混乱していると、春希はフッと優し気に微笑み、小指の絡んでいない方の手で、そっと頬を撫でる。ゾクリと、背筋が震えた。

身体が緊張からか硬くなり、ビクリと肩を震わせるも、春希はそんな沙紀を愛《いと》しげな眼《まな》差《ざ》しで見つめる。小指だけでなく、他の指も艶《なま》めかしく絡めてくる。

「『村尾さんって綺麗だな』」

「え、あ……っ」

春希の台詞《せりふ》によって、一瞬にして頭が沸騰する。意識が、思考が刈り取られ、その隙を狙ったかのように春希が顔を寄せてくれば、反射的に逃れようと仰け反り後ろに手を突いてしまう。

そんな沙紀を見て、春希が妖《あや》し気にくすりと笑う。

「『可愛いな』」

「は――」

――るき、と言葉を繋《つな》げたいのに、どうしてもその名前が出てこない。

重なるのは――の姿。

胸が痛いくらいに騒がしい。

意識が朦朧《もうろう》とする。

先ほどと同じ台詞だというのに、とても同じ意味には受け取れない。

「『村尾さん、さっきも言ったけど、好きだよ』」

「あ……っ！」

春希がそう言って肩を撫でたあと、浴衣《ゆかた》の襟から手を侵入させ鎖骨を撫でる。

すると、沙紀の口から自分でも信じられないような甘い声が飛び出した。

大きく丸く見開いた瞳には、ちろりとピンクの舌先で唇をチロリと舐《な》める春希の姿。

その貌《かお》はどこか淫蕩《いんとう》に塗《まみ》れ、しかし色気も含んだ肉食獣じみている。

そんな——になった春希に顔を寄せられ耳元に息を吹きかけられれば、僅《わず》かに残った理性や疑問も吹き飛ばされてしまい、そのまま床に押し倒されてしまう。

「ほんと、可愛い」

「……っ」

少しだけ変わった声色に息を呑《の》む。

春希が馬乗りになり、片手は指を絡ませたまま畳に縫い付けられている。

視線が絡むも一瞬、沙紀は羞恥《しゅうち》から目を逸《そ》らしてしまう。

身体がとても熱い。

喘《あえ》ぐように息を吐く。

きっと今、とてもだらしない顔をしている自覚があった。

妙に昂《たかぶ》った耳にはゴクリ、と美味《おい》しそうなものを前に唾《つば》を呑み込む音が聞こえてくる。

そして春希から顎《あご》に指を添えられれば、ごく自然に目を瞑《つむ》り、唇を差し出し——

『〜〜〜〜♪』

「「っ⁉」」

その時、ふいに沙紀のスマホが着信を告げた。

正気に戻った2人は慌てて弾《はじ》かれるように距離を取る。

「す、すすすスマホ鳴ってるよ、沙紀ちゃん」

「え、あ、はい、そうですね！」

一瞬にして気まずくなった空気を誤魔化すように、お互い敢《あ》えて大きな声を出す。

完全に春希が作り出す空気に呑み込まれてしまっていた。

ドキドキと早鐘を打つ胸を押さえながらスマホの画面を確認する。姫子からだ。

「もしもし、姫ちゃん？」

『――けて、助けて、どうしようさきちゃん、おにぃちゃんがっ！　倒れて、そのまま目がっ！　う、うぅぅぁっ』

「ひ、姫ちゃんっ⁉」

やけに切羽つまった声だった。姫子の嗚咽《おえつ》らしきものも聞こえてくる。

先ほどまでの熱はどこへやら、沙紀の思考はどこまでも冷えていく。

隼人に何かあったのだろうか？

ふいにチラつくかつての光景。スマホを握る手に力が込められる。

深呼吸を1つ。まずは落ち着いて、状況を把握しなければ。

「姫ちゃん、あのね――」

なるべく冷静を努めて尋ねるもしかし、ふいにスマホを持つ手ごと春希に取られた。

「ひめちゃん今どこ⁉ 家にいるの⁉」

『え……あ、はるちゃん……うん。おうち』

「わかった、今から行くから待ってて！」

『はるちゃん⁉』「は、春希さん⁉」

春希はそれだけ姫子に確認するや否や、部屋を飛び出して行く。

沙紀はその思い切りの良さにしばし唖然《あぜん》とするも、慌てて後を追いかける。

外は既に轟々《ごうごう》と、暴風が雨粒を運び吹き荒れていた。

台風は玄関を開けただけだというのに沙紀の足元を濡《ぬ》らす。

しかしそんな中、春希は躊躇《ためら》いもなく駆け出していく。

あっという間に背中が見えなくなる。

立ち尽くし、まごついてるだけの沙紀とは違う。

自分も追いかけないと――そんな対抗意識からくる焦りに駆られている中、ふいに握りしめられたままだったスマホからの声に我に返る。

『沙紀ちゃぁん……』

「っ！」

ふぅ～っと大きな息を吐き、色んなものを吐き出し、気持ちを切り替えていく。

脳裏に過《よ》ぎったのは初めて姫子に話しかけた時、言葉と表情を失ったひめこの顔。

沙紀自身、己はとろくさいという自覚がある。

たとえこのまま春希を追いかけたとしても、何も出来ないだろう。足手まといになるだけだ。ぎゅっと、スマホを握りしめなおす。

「姫ちゃん、色々教えて？　まず、お兄さんがどうしたの？」

『た、倒れて、声をかけても起きなくて……っ』

「そう……どこで倒れたの？」

『ろ、廊下、うつ伏せで……』

「いつ、見つけたの？」

『ついさっき、雨の中帰ってきて、洗面所に向かって、話しかけてたんだけど、しばらくしてドサッて音が聞こえてきてそれでっ』

「……呼吸は？」

『……………荒くて苦しそう』

「熱は？」

『すっごく熱い』

「そう、わかった……ちょっと待っててね、姫ちゃん。なんとかするから」

『う、うんっ』

台風の前、先ほどの子猫騒動のことを思い返す。

きっと、つい先ほどまで畑で何かしらの対策をしていたのだろう。

そして隼人は頑張り過ぎて、熱を出した。

あぁ、まったくもってお兄さんらしい。

通話を切ったスマホで、必要と思われるものを検索していく。

「解熱剤はうちで常備してるよね……冷却シートにスポーツ飲料、ゼリーも冷蔵庫にあったはず……お母さ〜んっ！」

誰よりも早く駆け付けて、何かできるわけじゃない。

自分が無力なことを知っている。だけど何かは出来るはず。

そう、力が足りなければ、誰かに借りればいい。

今までのように、見ているだけではダメなのだ。手を伸ばさないと。

沙紀は必死に、自分なりに自分の出来ることを考えるのだった。

◇◇◇

隼人の意識は混濁としていた。

意識を手放す直前、目に飛び込んできたのは、蒼白《そうはく》となった妹《姫子》の顔。

それがふいに、かつて泣き虫ひめこが言葉を無くしたときのことを思い起こさせる。

心の奥底に閉じ込めていた、忘れようとしていて、だけど忘れられそうにないことを。

もしかしたら春希の過去を聞いて、また、子猫のことがあったからなのかもしれない。

5年前、母が1度目に倒れた日。

あの日も台風ではないけれど、今日みたいな大雨だった。

図書室で雨が止まないかなと、時間を潰《つぶ》して帰ってきたのを憶《おぼ》えている。

帰宅したはやとが目にしたのは、床に倒れ身動きしない母と、それを目の前にして立ち尽くすひめこ。

細かいことは、最早《もはや》憶えていない。

慌てて父に電話をして、先ほどの子猫騒動の時と同じように、月野瀬中が慌ただしくなったのは、記憶に強く残っている。

幸いにして緊急手術も成功して、村の誰しもが安堵《あんど》したことも。もちろん、はやとも諸《もろ》手《て》を上げて喜んだ。

だけどひめこだけが喜ばない。

それどころか顔色1つ変えず、あらゆる感情が顔から抜け落ちており、何も喋《しゃべ》らなかった。否、喋れなかった。

ひめこは母が倒れたショックから自分の心を守るために、殻に閉じこもり声を失った。

傍《はた》から見れば気落ちしているだけに見えるだろう。

しかし身近にいたはやとだけがひめこの異常に気付く。

もちろん、なんとかしようと色々と子供ながらに試みる。

喜ばそうと思って家の中に段ボール箱で3階層の秘密基地を作ったり、客間一面に布団を敷き詰めて一緒に寝たり、ハンバーグに欲張って色んな食材を詰めて作ってみたり。

だけど何1つ反応しなかった。

それでもはやとは根気よくひめこに構う。

妹だから。

いや、はるきがいなくなり、唯一と言っていい、身近な同世代でもあったから。

あの日。

夏の終わり。

いつまでも無邪気に楽しい日々が続くと信じていた時。

自分の力ではどうしようもないことがあることを理解してしまったから。

そして今まで当たり前のようにあった日常が、ある日突然何の前触れもなく崩れ去ることを、知ってしまっていたから。

だから必死に手を伸ばす。

ひめこがひめこであるように。

だけどはやとを嘲笑《あざわら》うように手を伸ばしても、伸ばしても、希望が指の間から零《こぼ》れ落ちてしまう。

ひめこは何も変わらない。

はやとは無力だった。

目の前が真っ暗になっていく。

世界から色が抜け落ちる。

だから何かに縋《すが》らずにはいられないほど、心が摩耗していた。


ある日の放課後のことだった。

木枯らしが吹き始める頃だったと思う。

山は木の葉の色を鮮やかに変え、そして散らしていた。

心のままにふらふらと足を動かし、たどり着いたのは月野瀬山の中腹にある神社。

はるきが居なくなってから、意図的に避けていたところでもある場所。

だけどその一方で、キラキラと輝くものを見た記憶の強いところ。

それがはやとの心に引っかかっていたもの。

幼心にも神様に頼むしかない――そんなことを薄らぼんやりと考える。

夏祭り以来久しぶりに足を踏み入れた神社はどこか懐かしく、物悲しく、それは隼人の知らない光景で、だから足を踏み入れるのに躊躇ってしまう。

そもそも、なんの当てもなくやって来たのだ。

だけど竹箒《たけぼうき》と共に境内でキラキラくるくる舞う女の子を――さきを見れば、思わず息を呑みその場に釘付《くぎづ》けになった。

『――――っ』

舞の意味はわからない。

ただ、必死に何かを求めて手を伸ばそうとしているのはわかる。

――もどかしく、何度も、何度も。

だから、その懸命な姿がはやとの胸を刺す。

ふいに目の前に光条が差し込み、気付けば駆け出してしまっていた。

『ひめこを、おれのいもうとを、笑わせてくれ！』

『ふぇっ⁉』

いきなり現れたはやとに手を握りしめられ、そんなことを言われれば、さきでなくとも後ずさってしまうことだろう。

直情的な行動だった。

だけどその時のはやとには、さきに縋るしかなかった。

『たのむ、ひめこを助けてくれ！　あいつは泣き虫で、おれがなんとか、でもなにもできなくて――』

一体、何を言ったのだったか。最早《もはや》記憶は曖昧《あいまい》だ。

ただ妹を、ひめこを何とかしてくれと懇願したのは憶えている。それと、さきの驚き戸惑う顔も。

あぁ、とにかく早く起きなければ。

あの頃よりもずっと大きくなったけれど、姫子は依然として臆病で寂しがり屋なのだ。

今頃きっと、大きなべそをかいているだろう。

もしかしたらかつてのように――

その顔を見るのは、考えただけでも胸が締め付けられる。

――はるきが居なくなった時のことを思い出して。

だから、無理矢理にでも意識を浮上させる。

「姫、子……泣いてないか……？」

「大丈夫ですよ」

「…………え？」

意識を覚醒《かくせい》させた瞬間、目に飛び込んできたのは、見覚えはあるが馴染《なじ》みのない客間の天井。そしてどうしたわけか、簡素な浴衣《ゆかた》姿の沙紀。

状況がよくわからなかった。

必死に頭を働かせてみるも思考は鈍く、上手《うま》く回ってくれない。

身を起こそうとするも身体はやたらと重く、「うっ」と唸《うな》り声を漏らせば、沙紀が困った顔をして両手で押しとどめてきた。

「そのまま寝ていてください。熱、結構ありましたから」

「ええっと、村尾、さん……？」

「はい、村尾沙紀です」

「どうして……って、姫子はっ！」

「ふふっ、まずは姫ちゃんなんですね。心配いりませんよ、今春希さんと一緒にお風呂《ふろ》に入ってます」

「春希と風呂……？」

隼人の眉間《みけん》に思わず皺《しわ》が寄る。

姫子と春希が一緒に風呂——その光景がどうしてか想像出来そうで出来ない。頭が重く回らないこともあって、余計に。今度は先ほどと違った意味でうーんと唸り声を上げる。

すると沙紀がくすりと笑みを零す。

「春希さん、お兄さんが倒れたって聞いて、そのまま傘も差さずに飛び出してったんです」

「……あの、バカ」

「車で追いついた時にはすでにびしょ濡《ぬ》れで……一応車内で拭《ふ》きましたけど、それでも春希さんの姿をみた姫ちゃんがびっくりして、お風呂に連行しました」

「ったく……でも春希らしいや。……そっか、じゃあ姫子は大丈夫か……」

「ちょっとぷりぷりしてましたけどね」

隼人はホッと安堵の息を吐く。

するとそこでようやく今自分の置かれている状況が気になってきた。

記憶を掘り返すと、畑の台風対策から濡れネズミになって帰ってきて、洗面所で着替えたところまでは覚えてる。どうやらそこで気が抜けて倒れてしまい、姫子が応援を呼んで、客間まで運ばれたのだろう。春希たちに運ばれたのかと想像すると、少し気恥ずかしい。

衣服や髪が湿っぽいのは雨のせいなのか、それとも汗なのかはわからない。

身体は気だるく、頭も熱っぽくてふらりとしている。典型的な風邪の初期症状だ。

よくよく考えれば急な引っ越しに都会での新生活、日々の家事にも追われ、月野瀬に戻ってきてはしゃぎ倒していた。そこへ子猫騒動からの台風前の畑対策という、久々の肉体労働。隼人でなくてもオーバーワークで倒れてもおかしくないだろう。

とはいえ、そのへんの自己管理を見誤ったからこその、現状なのだ。

今度は情けなさから、はぁぁ、と先ほどとは違った意味のため息が出た。

「あの、大丈夫ですか？　一応解熱剤がありますが……あ、まず何かお腹に……ゼリー飲料ですけど、要りますか？」

「え、あ、ありがと」

「おでこの冷却シートも交換しますか？」

「いつの間に……あ、自分でするよ」

「私に任せてください」

「あ、はい」

沙紀はにっこりと微笑み、甲斐甲斐《かいがい》しく世話を焼く。

身を起こすのを手伝ってくれたり、ゼリー飲料や薬、水を手渡してくれたり、寝たら肩まで布団を掛けてくれて冷却シートを交換してくれたり。

妹の友人にそんなことをされるのは妙に気恥ずかしかったが、有無を言わさぬ口調で「風邪っぴきさんは大人しく看病されてください」とぴしゃりと言われれば、何も言えなくなってしまう。

何とも言えない空気が流れる。

そもそも、何を話して良《い》いかわからない。

話題を探しても見つからない。思考は鈍い。

兄と、妹の親友。

その距離は近いようで遠い。

こんな状況、月野瀬に居た頃は考えたこともなかった。

しかしそこには不思議なことに、気まずさはなかった。

それどころか、どうしたわけかやけに懐かしさにも似たものを感じている。

昔似たようなことがあったのだろうか？

必死に記憶を漁《あさ》るも、やはり熱のせいで頭にもやがかかったようで、上手く思い出せない。隼人の眉間に皺が刻まれる。

その時風呂場の方からパシャパシャという水音と共に、「みゃっ⁉」という春希の鳴き声が聞こえてきた。

何をしているのかは分からないが、姫子が随分とはしゃいでいるようで、沙紀と目が合えば苦笑いを零す。

「まぁ、姫子が無事ならいいんだ」

隼人がぶっきらぼうにそう言い放てば、沙紀は目を細め、くすりと言葉を零す。

「前から思っていましたけど、姫ちゃんに少々過保護なところがありますよね」

「っ⁉　そう、か？　まぁ妹だし普通というか、姫子ズボラで手が掛かるだけだし」

かつて春希にも言われた同じ評価にドキリと胸が跳ねる。

隼人としてはそんなこと、意識したことなんてない。

だけど沙紀はより一層目を細め、緩んだ口元から言葉を零す。

「だから姫ちゃん、お兄さんに懐いてるんですね」

「……懐いてるのか、あれ？」

「ふふっ、姫ちゃんが少し羨《うらや》ましいです。私もお兄さんみたいな兄妹《きょうだい》、欲しかったなぁ」

「っ⁉　ええっと……」

「えっ、あ………っ」

唐突な沙紀の言葉に、お互い顔を赤らめそっぽを向いてしまう。

頭が余計に熱を帯び、回らなくなる。

だけど悪い気はしない。胸がやけにくすぐったい。

「……俺、言われるほど姫子を支えるとかうまく出来てない。大したやつじゃないんだ」

「そんなことっ」

「だから村尾さん、もし叶《かな》うなら高校の進学先はこっちに、都会の方に来て欲しいな」

「…………………え？」

沙紀の目がまん丸に見開かれる。

それはきっと、熱に浮かされたせいで零れてしまった言葉だろう。

「姫子ってさ、知っての通り危なっかしいんだ。姫子だけじゃない、春希も……でも俺は……なんだろう、村尾さんがいると安心できるというか、大丈夫な気がするんだ」

「お兄、さん……？」

「村尾さんはずっと昔から、頼んで、俺には出来ないことをしてきて、だから……」
そこには隼人の弱気も交じっていた。
ふいに胸が苦しくなる。
無力なのは痛感している。そして絶望も。
だけど、これは誰かに言うようなことではない。
姫子、そして春希には絶対に見せられない類《たぐい》のもの。
その心の裡《うち》の脆《もろ》い部分を晒《さら》していた。
熱のせいもあるだろう。
しかし相手が沙紀だからこそ、零《こぼ》してしまったものだった。
「そ、う……昔も……」
先ほど夢の中で、忘れていた昔のことを思い出したような気がする。
だけど熱で溶かされるように、その記憶の輪郭がぼやけていく。
大切なはずの何か。それが消えて行かないようにと、必死に手を伸ばす。
だが泥のようなものが足元に絡みついてくる。
脳が熱を帯び、呼吸が荒くなる。
するとふいに沙紀がぴたりとおでこに手を当て、撫《な》でられた。
それは妙な安心感を与え、すぅっと身体が軽くなっていく。

「今は寝てください。じゃないと治るものも治りませんよ？」

「え？　あ、あぁ……」

「何かして欲しいことはありませんか？」

「今夜は傍に……泊まっていって欲しい」

「姫ちゃんが寂しがるから、ですね」

「……いや、多分、俺、も………」

「っ！」

熱が身体を巡る。

隼人は最後まで言い切る前に意識を手放した。

「──おやすみなさい」

最後に呟《つぶや》いた、沙紀の声だけを耳に残して──

◇◇◇

──おやすみなさい。

沙紀のその呟きは、ザァザァと屋根を打ち付ける雨音に掻《か》き消されていく。

そっと隼人から手を離し、その手を自らの胸へと当てた。

「……ぅ……すぅ……」

ほどなくして隼人から規則正しい寝息が聞こえてくる。

顔は依然として熱で赤いものの、その表情は心なしか穏やかだ。

「お兄さん……」

しかし沙紀の顔は対照的に複雑だった。

唇はキュッと結ばれ、浴衣《ゆかた》の共襟が握りしめられ皺が作られていく。

「私も高校、そっちに行きたいなぁ……」

ふるりと、何かに耐えるように肩を震わせる。

それは沙紀の心からの望みだった。

呟きと共に、ぽたりと浴衣を握りしめる手の甲に雫《しずく》が落ちていく。

部屋は屋根を叩《たた》く雨音が支配している。

どれだけ、隼人の顔を見ていただろうか。

やがて沙紀はふぅ、と熱い息を吐き出し、周囲を見回す。

そしてすぅと寝息を立てている隼人、その唇をじっと見つめ、吸い寄せられるように自らの桜色に色付いた唇を寄せていき――

「――っ」

そこで襖《ふすま》の間から一連のやり取りを見ていた春希は、サッと目を身体ごと逸《そ》らした。もう見ていられなかった。

薄暗い廊下。台風の雨が家屋のあちこちを叩く中、壁際にそっと背中を預ける。

ズキズキと胸が騒ぐ。

風呂上《ふろあ》がりに姫子から手渡された、以前マンションに泊まった時に借りた隼人のシャツの胸を、奥歯を嚙《か》みしめながらぎゅっと握りしめ皺を作る。

沙紀の想いは知っていたはずだった。

月野瀬に置き去りにされた、その、想いを。

しかし知っていてなお、実際にその想いの発露を目にした時の衝撃は、受け止めきれそうにない。同じような状況で、自分がした時の行動と比べてしまうから、なおさら。

先ほど零された沙紀の言葉も、耳から離れない。

月野瀬から最寄りの高校まで片道2時間と少し。距離もあり、進学と同時に村を出る人が多い。それでも山を下りた先にある同じ県内か、せいぜい隣の県。週末になれば実家に戻って来られるようなところに通うのが習わしだ。

高校生は子供というわけじゃない。

だけど大人と言い切れるような歳でもない。

まだまだ親の目や手が届くところに、となるのだろう。

翻って都会と月野瀬は遠い。

とても、遠い。

その遠さは春希自身が、身をもってよくわかっている。

だからこそ、胸が疼《うず》く。

気軽に行き来できるような距離じゃない。物価や家賃も地方と都会で随分と違う。

事実、隼人たちは夏休みじゃないと戻ってこられなかった。

一体どれほどの想いを込めて、都会に行きたいと言葉を零したのか。

それも、隼人に聞かせまいと――

唇を噛《か》みしめる。

春希は息と足音を殺し、その場を離れた。


リビングへと戻れば、姫子がドライヤーで髪の毛を乾かしていた。

春希の気配に気付くと、そっぽを向いたまま硬い声で尋ねてくる。

「……おにぃ、どうだった？」

春希は「んっ」と、咳《せき》ばらいを1つ。

今の表情を見られまいと、咄嗟《とっさ》に笑顔の仮面を被《かぶ》る。

「ぐっすりだったよ。疲労による発熱みたいだし、寝て起きたら明日にはケロリとしてるんじゃないかな？」

「……まったく、おにぃってば自分のたいちょーかんりがなってないんだから！　普段、小うるさいくせにね！」

春希の言葉に、姫子の纏《まと》う空気が和らいでいく。安心したのかいつもの調子で明るく毒づく。

そして春希はあははと曖昧《あいまい》な笑みを零し、まだ湿っている自らの髪をひと房摑《つか》んだ。

「ね、ひめちゃん。ドライヤー、次貸してもらっていいかな？」

「うん、いいよ。ていうか今終わったから、あたしがやったげる」

「え？　あ、うん……」

姫子は言うや否や立ち上がり、春希の後ろに回り肩を押して床のクッションの上に座らせる。そして髪を手に取りながら、ブォォとドライヤーを鼻歌まじりに動かした。

「はるちゃん、髪の毛長いよね。お手入れ大変じゃない？」

「あはは、月野瀬から都会に行ってからずっとだから、もう慣れちゃったかな？」

「へぇ……それにしてもさらさら、キレイ」

「あはは、ありがと」

「ロングもいいなぁ。女の子って感じだし」

「…………うん」

姫子の女の子という言葉に、春希は言葉を曖昧に濁す。

少しばかり口元が引きつった。顔を見られなかったことに安堵《あんど》する。

そのまま特に会話もなく、姫子に髪の毛を委《ゆだ》ねる。姫子の手つきは壊れ物を扱うかのように繊細で、いつもの姿を知っているだけに不思議な感じがした。

やがてドライヤーの音が止む。髪はすっかり乾いていた。

いつもより丁寧だったせいか、手櫛《てぐし》の通り具合が滑らかな気がする。

「はい、おしまい」

「ありがと、ひめ……ひめちゃん⁉」

「駆け付けてきてくれて、嬉《うれ》しかった……」

そして姫子が背後からぎゅっと抱き着いてきた。

少しだけ震えている身体から、不安が伝わってくる。

先ほどまでのは空元気だったのかもしれない。

姫子から回された手に、そっと自分の手を重ねる。隼人と違い、かつて月野瀬に居た頃とあまり変わらない、小さく柔らかい手の感触が伝わってくる。

「……おにぃちゃんもどっか行っちゃうんじゃないかって、ちょっと怖かった」

「大丈夫だよ、ひめちゃん。そんなことないから」

「うん、わかってる、けど……」

「ひめちゃんはほんと、昔からお兄ちゃん子だなぁ」

「……そんなことない、普通、だと思う」

「あはっ」

「……もう、はるちゃんったら！」

憮然《ぶぜん》とする姫子に、くすりと笑いを零せば、抗議とばかりに抱き着く腕にぎゅっと力を込められた。

春希は宥《なだ》めるように「はいはい」と軽く2回腕を叩き、立ち上がって向かい合う。

そして安心してとばかりに隼人になり切って姫子に笑顔を向けた。

「『安心しろ、姫子』」

「…………ぁ」

そして、がしがしと少し強引に姫子の頭を掻き混ぜる。

――いつも、隼人がしてくれるように。

姫子は少しだけ嬉しそうに、「もぅ、せっかくの髪が」と、声を漏らす。

台風は依然として、月野瀬に暴風雨をまき散らしていた。

幕間　絡みつく過去

都心部から電車で小一時間、郊外にある再開発エリア。駅を基点にして、その周辺には日々の生活の買い物に困らない商業サービスエリアが広がっている。

少し離れたところには規則正しく区画整理され、比較的新しい家屋が立ち並ぶ住宅街。

そこにあるごく平均的な家、そのリビングで、一輝《かずき》はスマホ片手にくつくつと愉快気に肩を揺らしていた。

スマホのグルチャでは一輝、隼人《はやと》、伊織《いおり》のアイコンが躍っている。

『熱を出して妹の友達に看病してもらった。気まずい。けど、お礼か何かした方がいいと思うんだけど、どうすればいいと思う？』

『それって姫子《ひめこ》ちゃんの月野瀬《つきのせ》での友達かい？』

『お、てことは例の巫女《みこ》ちゃん？』

『そうだけど』

『くぅ、巫女ちゃん！　いいよな、巫女装束って！　恵麻《えま》にも着てもらいたいぜ！』

『そういや巫女服、この間シャインスピリッツシティに行った時、パーティーグッズ売り場で売ってたね。３０００円くらいだったかな？　他にも色々、ナースとかチャイナとか……まぁ、どれもスカート丈が短かったけどね』

『っ!?　よし、今度また皆で買いに行こうぜ！』

『アホか。あ、でも伊織が伊佐美《いさみ》さんにちゃんと着てもらった画像を見せてくれるなら、付き合うぞ？』

『ばっ！　そ、それはその、アレだ。彼女のそういう姿を、他の男に見せられるわけねぇだろ！』

『じゃあ、伊佐美さんの代わりに伊織くんがそれを着た画像でいいよ』

『一輝っ!?』

最初の隼人の質問からどんどんズレて、バカみたいな話が広がっていく。

とりとめもない、ありふれた、どうということのない会話だ。

だけど一輝はこのやりとりを、心から楽しんでいた。

通学に結構な時間がかかるものの、今の高校を選んでよかったと思う。

『ところで隼人くん、熱の方はもう大丈夫なのかい？』

『一晩ぐっすり寝てもうばっちり……なんだけど、姫子からは今日は１日寝ていろ命令が出てる。正直ちょっと暇だ』

『そりゃ妹ちゃんがもっともだな』

『てことは今日の家事とか食事は、姫子ちゃんがやってるのかい？』

『……できると思うか？』

「あははっ！」

一輝はそんな隼人の返しを読んで、思わずリビングで吹き出してしまった。

頭の中ではありありと姫子が家事や看病をしようとして、失敗して、春希《はるき》や友人に泣きつく姿を想像してしまっている。頰が緩む。

そしてそれを裏付けるようにスマホの画面では『なるほど、それで巫女ちゃんに』『そういうこと』といったやり取りが行われていた。

『姫子ちゃんは――』

その様子を聞こうとして、そこまで書いて指が止まった。止まってしまった。

ふいに脳裏に過《よ》ぎったのは、いつもの天真爛漫《てんしんらんまん》な姫子の顔でなく、プールで見せたやけに大人びて、しかし寂しそうにも見えた表情。

ぎしりと胸が騒《ざわ》めく。

くしゃりと表情が歪《ゆが》む。

指が彷徨《さまよ》う。

何て書いていいか、適切な言葉がわからない。

友人《隼人》の妹。

仲も良好。

だが、それだけだ。彼女のことを積極的に聞くということは、兄の友人として些《いささ》かその関係性を逸脱しているのではないか？

しかしどうしてか気になってしまう。

一輝がやきもきしているうちに、スマホの中ではいつの間にか『バイト、隼人と二階堂《にかいどう》さんだけじゃなく他にも休む人が重なってきつい』『悪《わり》ぃ、そっち戻ったらシフトなるべく入る』と、話題がバイトへと移ってしまっていた。

「……一輝？」

「っ!?　……姉さん？」

「なんか面白い顔してる……あふっ」

「……あはは」

その時、ふいに眠そうな声を掛けられ我に返る。

顔を上げれば寝起きで爆発させた髪とお腹をボリボリと掻《か》いている姉、百花《ももか》の姿。

とても人さまにはお見せできないあられもない姿だ。

「んー……一輝、いつもの」

「はいはい」

そう言って一輝が苦笑を零《こぼ》してキッチンへと向かえば、百花はちゃっかり空いたソファに寝転び占領した。

それを横目に濃い目に設定したエスプレッソマシンを起動させる。これに気持ち多めのミルクを入れたカフェラテが、百花の言うところのいつもの、だ。ちなみにカロリーを気にしてノンシュガーである。

一輝は抽出された泥炭のような色の液体に黄金色の泡が作られていくのを眺めながら、ちらりと時計を確認する。時刻は現在10時半過ぎ。

「姉さんにしては今朝早いんだね。どこか遊びに行くの？」

「あーんー、ちょっとねー。……そういや一輝、アンタ告白してフラれたんだって？」

百花の言葉に、ミルクを入れていた一輝の手がビクリと震えた。眉間《みけん》に皺《しわ》が寄る。

「あぁ、うん。まぁその、色々あって」

「前、みたいな感じ？」

「……そんな感じ」

「…………あっそ」

そして百花はふぅぅぅぅっと、あからさまに何かを含んだ大きなため息を吐く。

前。中学の頃の失敗。

当然ながら姉である百花は、そのことを知っている。その、顚末《てんまつ》も。

一輝はバツの悪い顔のまま、カフェラテを百花の前のローテーブルに置く。

「それ、誰に聞いたの？」

「あいりん。はやっち……？　なんかあんたの友達から聞いたって」

「あぁ、隼人くん」

「………ん、大丈夫？」

簡潔な言葉だった。だけどその声色には心配の色が含まれていた。

百花は百花なりに弟のことを案じているらしい。だから苦笑を1つ。

「うん、皆いいやつばかりだよ」

「そう」

「まぁその、今回は僕も気を付けているし」

「……で、その友達の中の誰かに本気になった？」

「っ!?」

百花の予想外に鋭い言葉で、ドキリと胸が跳ねた。一瞬頭の中が真っ白になる。

当の本人は行儀悪くソファにうつ伏せになりながら、ちびちびとカフェラテを舐《な》めている。ぐるぐると動揺で空回る思考の中、頬が引き攣《つ》っているのを自覚しながら問いかけた。

「どうして？」

「……なんか恋する乙女っぽくて、若干キモイ顔になってた」

「なにそれ」

「もしかして告った子、実は本気だった？」

「違うよ、それは違う。その子とは、そういうのじゃないよ」

「……ふぅん？」

一輝は春希を思い浮かべながら、それは違うと、はっきりと断言する。

しかし百花の返事は何か釈然としない色が混じっていた。

その時、ピンポンとインターホンが来客を告げる。

百花は「んっ」と玄関の方を顎《あご》で指し示し、一輝を促す。

一輝はボサボサ頭かつキャミソールに短パン姿の姉に苦笑しつつ、玄関に向かう。

ガチャリとドアを開ける。

「はい、どち――ぁ」

「――ぁ」

驚きの声が重なる。

瞠目《どうもく》し、僅《わず》かに頬を引き攣らせるも一瞬、お互い何事もなかったように挨拶《あいさつ》を交わす。

「やほー、カズキチ」

愛梨《あいり》だった。

「……いらっしゃい、愛梨」

「なんだか久しぶりね、カズキチん家《ち》で顔合わせるの」

「部活とかがね。あと学校も遠いし」

「あーしと同じ、近場のにすればよかったのに」

「……姉さんと約束してたのかな？　ちょっと今、人様にお見せできない姿だけど」

「きゃはっ、それはいつものことだし。おかまいなく～」

愛梨は明るい笑い声を上げ、慣れた様子で一輝より先に海童《かいどう》家に身体を滑り込ませる。

一輝はその背中を見て、僅かに眉《まゆ》を寄せた。

そして愛梨はミュールサンダルを脱いだところで、そこではたと気付いたとばかりにくるりと身を翻す。ふわりとサイドで纏《まと》めた髪も揺れる。

「これどう？　こないだももっち先輩と一緒に選んだのだけど」

夏らしく肌色面積が大きい派手な柄のカットソーに地味目のショートパンツ。華やかさの中に少し落ち着いた色があることで、愛梨をちょっぴり大人っぽく演出している。

「うん、よく似合ってるよ」

「そ、よかった」

一輝がそう評すると愛梨は、ニッと笑みを浮かべ、そのままリビングに向かう。

そしてソファで溶ける百花を目にして、頭痛を堪《こら》えるように額に手を当てた。

「ももっち先ぱ――うわぁ……」

「おー、あいりん。出会いがしらうわぁ、はひどくね？」

「いやいやいやいや、その髪あり得ないし、すっぴんだし、っていうか今日打ち合わせですよね⁉　時間大丈夫、って服とか決まってます⁉」

「うーん？」

「うーん、じゃないし！　ヘアアイロンは部屋ですね⁉　取ってきますよ！」

「あいりんは真面目だなぁ」

「もーっ！」

そう言って愛梨はどたばたと2階にある百花の部屋へと駆け上がっていく。百花はぐで～っとしたままひらひらと手を振っている。

傍《はた》から見れば世話のかかる先輩に手を焼く後輩の構図。

だが仲の良さの窺《うかが》えるじゃれ合いでもあった。

一輝は久しぶりに見たそのやり取りに苦笑を零し、エスプレッソマシンを起動させる。

そして百花が呑気《のんき》にカフェラテを飲み干すと同時に、ヘアアイロンと服を持った愛梨が戻ってきた。

「はい、これに着替えて！」

「おー」

「って、カズキチが居るのにこの場で着替えないで⁉」

「あいりんは堅いなぁ」

「ももっち、先輩が、緩いんです！」

「緩くないと思うけどなぁ、彼氏居たことないし」

「身持ちじゃなくて！　ってこら、下着！　丸見え！　カズキチーっ！」

そんな漫才めいたやり取りをしながら、百花は実弟のことなど気にも留めずその場で着替えだす。慌てふためいた愛梨は、百花の姿が一輝の目に入らないよう、２人の間に身体を滑らせる。

一輝はそんな姉と元カノのやり取りに苦笑しつつ、百花が着替え終わるのを待って、２人に丁度出来上がったカフェラテをさりげなく差し出した。

「さすが我が弟、お代わりが欲しかった」

「愛梨は砂糖少な目で良かったよね？」

「あ、うん……覚えててくれてたんだ、ありがと。……ったくそういうところ変わらないね、カズキチは」

愛梨はカップに口を付け、以前と変わらない味にほんの少しだけ頬を緩める。

そんな愛梨の様子をジト目で見ていた百花が、やけに偉そうに胸を張って言う。

「うちの教育のたまもの」

「……でもその教育のたまもののせいで、また女の子を惑わしちゃってなんか色々あったみたいですけどー。隼人っちが言ってたぞ～」

「てか一輝を振った子、気になる。どんな子？」

「あ、それあーしも興味あるんだけど！」

「え、ええっと……」

百花と愛梨に詰め寄られ、たじろぐ一輝。

あまり積極的に言うようなことではない。

しかし前の件もあり、2人も全くの無関係というわけでもない。

眉を顰《ひそ》めつつ、言葉を選ぶ。

「長い黒髪の、可愛いというより綺麗《きれい》な大和撫子《やまとなでしこ》って感じの子かな、見た目は」

「……見た目は？」

「お嬢様っぽい仮面を被《かぶ》ってるくせに、中身はお転婆というか悪ガキというか、皆に見つからないようにバカなことをするし、揶揄《からか》いがいもある、愉快な子だよ」

そして今まで一緒に遊んだりした時のことを思い返せば、くつくつと喉《のど》の奥が鳴る。

愛梨はそんな一輝の顔を、何かを確かめるかのように覗《のぞ》き込んだ。

「へぇ、仲良《い》いんだ？」

「悪くはないかな？　煙たがられてるかもだけど」

「はぁ？　なにそれ意味わかんない。……で、どうしてその子に告白したのさ？」

「どうしてって、その子には僕なんかが入り込む隙間のないほど、強い想いを寄せる相手がいたから。おかげでいい平手打ちをもらっちゃったよ」

一輝がそう言って笑みを零せば、愛梨の表情が訝《いぶか》しむものになる。

「ふぅん、それ、効果あったの？」

「…………以前くらいには」

「そ」

一瞬、熱心にアプローチを続ける高倉《たかくら》先輩のことを思い出し、返事が遅れる。

愛梨はすぅっと目を細め、これで話はおしまいとばかりに顔を逸《そ》らした。

ヘアアイロンを手に取り、百花の下へと向かう。少し気まずい空気が流れる。

居心地の悪さを覚えた一輝は、自分用にと淹《い》れたカフェラテを飲み干し立ち上がる。

すると愛梨が背中越しに、何てことない風に提案してきた。

「しつこいのが居るようならさ、またあーしが契約してあげようか？」

一輝の身体がビクリと震え固まる。

脳裏に再生されたのは、痛みを堪えるかのような姫子の顔。

そして『好きな人がいたんです』、という言葉。

無意識のうちに胸を手で押さえる。

「それはもう、できないよ」

苦々しい声で、しかしはっきりと言い放つ。

今度は愛梨の肩がビクリと跳ねる。

一輝の目が丸くなる。少々、口調が激しい自覚はあった。

「いやその、今をときめく人気モデル、佐藤《さとう》愛梨の彼氏役はさすがに荷が重いなぁって」

「……カリスマモデルＭＯＭＯの弟ならそうでもないと思うけど。桜島《さくらじま》さんだって、カズキチなら問題ないって言ってるし」

「買いかぶり過ぎだよ。ええっとその、実は今日これからバイトなんだ。悪いけど、僕はこれで」

「……あ」

そう言って一輝は、そのまま逃げるようにして家を飛び出した。

駅へと向かう道すがら、グルチャに伊織へ向けた文字を打ち込んでいく。

『今日、バイトの手が足りないようなら、僕がヘルプで入ろうか？』

◇◇◇

一輝が去った海童家のリビングに、はぁぁぁっとわざとらしいとも言える百花のため息が響く。

百花は困ったように眉を寄せながら、ポツリと言葉を零《こぼ》す。

「あいりんってさ、……バカだよね」

「…………」

「素直じゃないし、不器用だし」

「…………」

愛梨は百花の髪を手にしたまま、固まったままだった。

顔を俯《うつむ》かせ、肩が僅かに震えている。

百花は手を解かせ、ゆっくりと振り返り、そしてぎゅっと自らの胸に愛梨を搔《か》き抱いた。

「でも世話焼きで、頑張り屋で、ひたむきで……だからうちはそんなあいりんのこと、大好きだよ」

「……うん」

そして愛梨は百花に甘えるように、ぎゅっとしがみ付くように背中に手を回すのだった。

第4話 見上げた月に声もなく紅涙を絞る

祭りの日が訪れた。

都市部や大きな神社と比べれば、人口千数百人しかいないこの地域のささやかな祭りだ。だけど1000年を超える歴史があり、この地に住まうものにとって退屈な日常を吹き飛ばしてくれるハレの日でもあった。

この日は朝から月野瀬《つきのせ》全体がどこかそわそわとした空気を纏っている。

周囲の山々は嵐の前の静けさのようにおとなしく、しかしそれはむずむずとはやる気持ちを抑えているかのようだ。住人の気持ちを代弁するかのように空は勢いよく突き抜けた青さで、太陽は燦々《さんさん》と力強く輝き熱気を振《ふ》り撒《ま》いている。

今日はいつもより一際暑くなりそうだった。

「おにぃ、速い！」

「っと、悪《わり》ぃ悪ぃ」

太陽が中天に差し掛かる頃。

隼人《はやと》と姫子《ひめこ》は自転車で神社へと向かっていた。

浮かれた気持ちからか自然とペダルを漕《こ》ぐ力が強くなり、距離を離された姫子に抗議された隼人は、あははと笑って速度を緩める。

その顔に反省の色はなく、姫子も「もぉ！」と呆《あき》れた声を上げた。

ザァッ、と風が吹く。青々とした稲穂や田畑の農作物を揺らす。

大地に力強く根付いているそれらには、先日の台風の影響は見受けられない。

空には夏らしい気持ちの良い青が広がっている。

「祭り、楽しみだな」

「……うん、そうだね、おにぃ」

今年の夏の月野瀬には春希《はるき》がいる。

いつもと少しだけ違う祭りに向けて、隼人の声は弾む。

姫子はそんな兄の背中を見て、少しだけ目を細めた。


神社の麓《ふもと》にある集会所。そこに併設されている、田舎特有のやたら余った土地の駐車場。

そこは今日の祭りにやってきた住人の車や軽トラ、原付に自転車が所狭しと停められており、隼人と姫子の自転車もそれに倣う。

山の方からは既にざわざわと楽しそうな騒《ざわ》めき声が聞こえてきている。

鳥居をくぐり、石階段を上ったところにある拝殿前の境内の広場には、多くの人が集まっていた。とはいうものの都会に比べれば、学校の全校集会にも及ばないほどの人数。だけど月野瀬ではなかなかお目に掛かれないほどの数だ。

そのことを思うと、隼人と姫子は何とも言えない苦笑いを零す。

するとその時、目敏《めざと》くこちらに気付いた春希が手を振りながらやってきた。

「おーい、隼人ー、ひめちゃーん！」

そのテンションは高く、髪は1つに束ね、服には少し埃《ほこり》や汚れも見える。

しかし春希本人にそれを気にした様子はない。

「春希、お疲れ様。すまんな、準備に出られなくて」

「あはは、隼人ってば一応、病み上がりだしね。それに祭りの準備も楽しかったよ」

「そっか」

そう言って春希は視線を広場にある山車《だし》へと向ける。

年代を感じさせる、しかし小綺麗《こぎれい》で丁寧に扱われてきたというのがわかる山車だ。

山車の隣にはカラフルで華やかな稚児《ちご》衣装に身を包み、化粧も施された心太《しんた》の姿。

どうやら山車の方での主役は心太らしい。

緊張した面持ちで、揃いの法被を着た大人たちに囲まれ声を掛けられている。

心太の足元には春希が助けた子猫が、付き人や護衛のように寄り添っており、「みゃあ！」と鳴き声を上げている。こちらも心太に負けじと人気者だった。

「子猫《あの子》、もうすっかり元気だな」

「そだね。心太くんにも懐いてるし、沙紀《さき》ちゃんと心太くんのおじさんもメロメロだよ」

「そっか」

「……………うん」

隼人はどこか安心したように目を細めるも、春希の声は少しだけ硬かった。

ちらりと横顔を覗き込めばその表情は複雑で、掛ける適切な言葉が見つけられない。

だけど何か思うことを伝えたくて手を伸ばそうとし――ダム湖で言われた言葉を思い出して、そのままガリガリと自分の頭を掻いて、ため息を吐いた。

すると、今度は難しい顔をしてうーん、と首を捻《ひね》る姫子の姿が目に入る。

「姫子？」

「心太くんの格好なんだけどさ、何かが引っ掛かって……どこかでみたような……」

「村尾《むらお》さんが着てたやつとか？　なんか昔、見た覚えがある気がする」

「あ、それだ！　うん、それ、ってか全く同じじゃ⁉」

姫子はパンッ、と手を叩《たた》き、心太のところへと駆け寄っていく。

「心太くーん、その衣装もしかして女の子用？　うん、いい！　すごくいいよ、心太くん！　似合ってるよ、可愛い、写真撮っていいかな？　撮るよ？　っていうか、髪型とかもちょっとこだわってみようか⁉」

「えっ⁉」

そして興奮気味の姫子にスマホのカメラを向けられる。

驚きつつも、姫子にされるがままの心太。

呆気《あっけ》に取られて見ていた氏子たちも、やがて想像力を働かせて囁《ささや》き合う。

「あらこれ、烏帽子《えぼし》じゃなくて冠だから女の子用だわ」

「沙紀ちゃんが持ってきてくれたからてっきり」

「まぁまぁ似合ってるからいいじゃないか、ほら、こういうのって確か『付いてる方がお得』っていうんだっけ？」

「ふふっ、そう言われると女の子にしか見えないわね」

「がっはっは、そろそろ祭りも始まるし、このままでもいいじゃないか」

「ね、心太くん、他にも可愛い格好してみない⁉」

「ひめねーちゃ⁉」

どうやら女児用だったらしいが、特に問題無い流れになっていく。

それだけ今日の心太の稚児姿は良く似合っていて可愛らしい。

心太の周囲には笑顔が溢《あふ》れ、足元の子猫も賛同するかのように「みゃあ」と鳴いていた。

「……まぁ心太、可愛らしい顔立ちしてるしな」

「大きくなって『実はお前、男だったのか⁉』案件になったらどーする？」

「「……」」

呆れたように呟《つぶや》く隼人に、春希が悪戯《いたずら》っぽく顔を覗《のぞ》かせる。

2人は顔を見合わせることしばし。

「はるねーちゃ！」

その時、こちらに助けを求める心太と目があった。

しかし春希がにここと手を振り返せば、心太は固まり、そして顔をより赤く染めていき目を逸《そ》らす。

「「……ぷっ」」

隼人と春希はそんな心太の様子に思わず吹き出し、肩を揺らす。

そしてひとしきり笑った後、春希はふいに隼人の手首を掴《つか》む。

「隼人、拝殿の方に行こ？　沙紀ちゃんがいるよ」

「ちょ、おい！」

真っすぐ正面を向いており、その表情は見えない。

隼人は視線を春希の背中から、掴まれた手首に移す。

「……春希？」

「うん？」

「いや、なんでもない」

隼人が呼び掛けるも、振り向く春希の顔はいつも通り。

何か釈然としないまま、眉《まゆ》を僅《わず》かに寄せて後を追う。

拝殿では祭りの開始に向けて神官衣装に身を包んだ村尾家の人と氏子の女性陣が、慌ただしく飛び回っていた。

隼人の鼻がピクリと動く。おいしそうな匂いが漂っている。

春希もスンスンと鼻を鳴らし、その出処に視線を向けた。

「うわ、なにあれお供え物……って、あれお米⁉ やたらとカラフルだけど！」

「御染御供《おそめごく》、だな。毎年出てるぞ」

「へぇ」

どうやら祭壇に神饌《しんせん》を運んでいる最中のようだった。

春希が興味を示した青黄赤に染め分けられた御染御供の他、イワナにアユ、猪に鳥に鹿の肉、それから酒。この月野瀬の地で取れたものが供えられている。

活発に動き回っているところを手持ち無沙汰《ぶさた》で眺めていると、何だか落ち着かない。

春希もこちらの様子は予想外だったのか、あははと誤魔化し笑いを浮かべている。

だが手伝おうにも勝手がわからない。

隼人はいつも外での力仕事ばかりで、春希は今回が初めてだ。

「あ、春希さん！　お兄さん！」

入り口付近で隼人と春希がまごついていると、こちらに気付いた沙紀がとてとてと駆け寄ってくる。いつぞや送られてきた画像と同じ、巫女《みこ》装束に厳かな金の刺繍《ししゅう》の施された涼し気な千早、豪奢《ごうしゃ》な天冠に鈴。それらは沙紀の色素の薄い白い肌と亜麻色の髪と相まって、儚《はかな》く幽玄的な美しさを引き立てていた。

大きく目を見開く。やはり画像と違い、実物は生の迫力というものがある。

夏の度に見ている衣装姿だが、沙紀の成長と共にその美しさは年々増しており、隼人が何も言えないでいると、代わりに春希が興奮の声を上げた。

「わっ、沙紀ちゃんすっっっっっごく綺麗《きれい》！」

「え、あ、春希さん⁉」

「写真では見てたけど、実物は全然違うね、すっごくいい！　ね、隼人？」

「あ、あぁ……」

そう言って春希は、ちょん、と隼人の背中を押す。沙紀と正面から向かい合う。

隼人の目から見ても、今日の沙紀は一際麗しい。神秘的で非日常的な衣装も相まって、まるで触れてはいけないもののように感じてしまう。

そんな沙紀が、今まで舞台で見てきただけの沙紀が、すぐ目の前にいる。

ごくりと喉《のど》を鳴らす。

その沙紀本人はといえば不安そうに瞳《ひとみ》を揺らし、上目遣いで尋ねてくる。

「えぇっと……どう、でしょうか……？」

「あ、あぁ、すごく似合ってるよ……」

「……よかったです！」

「っ！」

しかし隼人の言葉に一転、沙紀は嬉《うれ》しそうな笑顔を咲かす。

不意打ち気味にそんな純粋で可憐《かれん》な笑みを向けられれば、隼人でなくても気恥ずかしさから目を逸らしてしまうのも仕方がない。

沙紀は、妹の親友《姫子》だ。

その関係性は近いようで遠い。

元より今までロクに会話をしたこともなく、つい最近春希の提案のグルチャで話すようになったばかりの、女の子。そのことが面映ゆさに拍車をかけている。

隼人はぽりぽりと人差し指で頬を掻《か》く。

「あーその、この間はありがと。看病だけじゃなくて、家のことも色々としてくれて……何かお礼をしたいのだけど、何も思い浮かばなくて……」

「い、いえ、あれは私だけじゃなくて春希さんも！　だ、だからおかまいなくっ！」

「そ、そうか、春希もありが——春希？」

隼人が首だけを振り向かせると、そこにはやけに悪戯っぽい笑みを浮かべ、にやにやとした春希の顔があった。

経験則からよくないことを考えているのがわかる。嫌な予感がしてピクリと眉が動く。

「おやおや～？　顔が赤いよ、隼人？　もしかして沙紀ちゃんに照れちゃってる？」

「なっ!?　え、いや、それはえっと!?」

「沙紀ちゃんってばこーんなに可愛いもんね、わかるよ、うんわかる。てか今もすんごい鼻の下伸ばしちゃってるし」

「ばっ!?　んなわけっ！」

そう言って春希が揶揄《からか》いながらちょんっと鼻先を突《つつ》けば、隼人は後ずさりつつ鼻を擦《こす》る。

春希はあははと声を上げて笑う。

そして今度は素早く沙紀の背後に回り込み、ぎゅっと抱きしめ、頬ずりをする。

沙紀も突然の春希の抱擁にびっくりして顔を真っ赤に染めた。

「は、春希さん!?」

「あ、沙紀ちゃんってば何かいい匂いがする」

「ふぇ!?　あのそのっ」

「隼人も嗅《か》いでみる？」

「って、おい！」

「きゃっ！」

そう言って春希がとんっと沙紀の背中を押せば、よろめいた沙紀を隼人が受け止めた。

腕の中に収まるのは春希と同じく、頭1つ分小さく柔らかな身体。春希とは違う、鼻腔《びこう》をくすぐるふわりとした甘い香り。それらに沙紀が強烈に異性だということを意識させられていく。

それは沙紀にとっても同じだったのだろうか、たちまち腕に抱く異性に慣れていないだろう沙紀の身体は熱を帯びていき、頭からは湯気が出そうな勢いだ。

このまま先ほど春希がしたように、ぎゅっと抱きしめたらどれだけ心地好いことだろうか——そんなことをちらりと考えてしまい、意識が沸騰してしまった。

これはいけないと理性が警鐘を鳴らし、慌てて肩を摑んで身を離す。

その拍子に見つめ合う形となり、何とも言えない空気が流れる。

ちらりと視界の端に、どこか微笑ましく見守るかのような姿の春希が目に入る。それが少しばかり恨めしい。

色々と胸の内を誤魔化すように、何かないかと話題を探す。

「んんっ、そういや心太もだけど、衣装よく似合ってたな。あれ、もしかして村尾さんの？」

「あ、はい、おさがりになります！　と言っても私も従姉《いとこ》から譲り受けたものですけど」

「そ、そうか。似合ってたけど女の子用だったみたいだし、なんていうか、その、な？」

「うんうん、可愛かったよ心太ちゃん！」

いきなり水を向けられた春希が少し揶揄い混じりの声で答えれば、一瞬きょとんとした沙紀であったがどんどん理解が及ぶにつれ、みるみる目を大きく見開いていく。

「…………え？」

そんなどこか間抜けな声を漏らすと共に、外からはドンドンドンと太鼓をたたく音が聞こえてくる。

隼人と春希は、そんな沙紀を見た後、互いに顔を見合わせて笑みを零《こぼ》す。

いつもと違う夏祭りが、始まりを告げた。

◇◇◇

ピンと緊張の糸が張られた厳かな空気の中、沙紀の父である宮司が主祀神に神饌と祝詞《のりと》を捧《ささ》げている。

神職をはじめ、数人の人だけで行われる儀式。当然ながら、そこには沙紀と心太の姿。

春希は皆と一緒に離れたところから、その様子を見守っていた。

「掛けまくも畏《かしこ》き——」

祭りの儀式が進んでいく。

やがて心太は緊張した面持ちで、宮司からいくつかの神饌《しんせん》の載ったお盆を受け取った。

これを月野瀬各所にある祠《ほこら》に供え、今年の豊作を願う。

元々は秋の収穫後に行われていた祭りだったのだが、明治以降出稼ぎも多く、お盆の時期に色々纏《まと》めてやるようになったと、小耳に挟んでいた。

心太は今年の夏祭りの主役の1人だ。

というのも月野瀬の祭りでは、7つになった子供を山車《だし》に乗せる風習があるらしい。

この歳で村の1人として迎え入れ、そのことを神様に報告するのを兼ねるのだとか。

心太が神饌の載せられたお盆と共に、山車に乗り込んでいく。

春希はその様子を、少しわくわくしながら眺めていた。

「わぁ、心太くんいいなぁ……」

「うん、気持ちはわかる。俺もちょっと乗ってみたいって思うし」

「え、隼人は乗らなかったの？」

「あれは神社とか限られた家柄の――」

隼人は春希のツッコミにそこまで返したところで、しまったとばかりに渋い顔を作る。

「っと、山車が動き出すな、行かなきゃ！」

「あ、ちょっと！　隼人ーっ！」

そして隼人は山車のところへと逃げるように去っていく。あっという間だった。

1人、憮然《ぶぜん》とした顔の春希が取り残される。

春希が唇を尖《とが》らせている間にも、隼人はするりと皆の輪の中に入っていき、心太の乗った山車を担ぐ。どうやら神社裏手から麓《ふもと》に下りる坂道では、引かずに担ぐらしい。

その後を追おうとして——だけど足が動いてくれなかった。

先ほど隼人が言いかけた言葉を思い返す。

「……」

元庄屋《しょうや》、二階堂《にかいどう》家。

もしかしたら、あそこにはるきが乗っていたのかもしれない。

だけど、春希はあれに乗らなかった。そもそもが祭りに参加するのが初めてだ。

女の子の衣装を纏《まと》った心太が、おっかなびっくりしつつも瞳をきらきらと輝かせている。

その場に立ちすくんだまま、後ろ姿が次第に小さくなっていく。

——本当に、二階堂春希があの場に入っていっていいのだろうか？

受け入れられてはいると思う。だけどそんな春希の躊躇《ためら》いが、この場に足を縫い付ける。

きゅっと唇を結び、握りしめた手を胸に当てようとして——

「私たちも行きましょう！」

「沙紀ちゃん⁉」

その手を、背後からやって来た沙紀に取られた。どうしたわけか巫女服に法被姿。

沙紀は、その勢いのまま春希を山車のところへと引っ張っていく。

あれほど重かった足は、いとも簡単に大地を離れて動いていた。

「あのそのえっと、沙紀ちゃん神社の方はいいの⁉」

「私の出番はどうせ最後ですから！　あ、これ春希さんの法被です！」

「え、うん、ありがと……？」

「私、今まで奥に引きこもっていて、だから一度あれ、担いでみたかったんですよね！」

そう言って振り返った沙紀は、満面の無邪気な笑みを春希に見せた。

未《いま》だ少しばかり頭は混乱している。

だけど、ただ1つ。沙紀が心から祭りを楽しもうとしていることはよくわかった。

――春希と、一緒に。

ドクンと胸が跳ねる。だから春希も笑顔を返す。

「……うん、ボクも！」

そして共に手を繫《つな》いで、祭りの輪の中へと駆けだしていく。

背後から法被を着た姫子が「待ってよ、あたしもーっ！」と叫びながら、置いて行かれまいと追いかけてきている。

なんだかその姿が、かつて背中を追いかけてきていたひめこと重なり、春希は沙紀と顔を見合わせ、あははと声を上げた。

四方の山々に縁どられ、突き抜けるような青い空のキャンバスに、真夏の太陽が燦々《さんさん》と輝いている。

綿雲は騒がしい月野瀬をまるで興味深く覗《のぞ》き込むかのように、手に届きそうなほど低いところをぷかぷかと泳ぐ。

「「「よいよいよーいっ！」」」

「「「よいっと、まーかせっ！」」」

一面青々とした田園に、楽し気な掛け声と共にカラカラと回る車輪の音が吸い込まれていく。この地で幾度となく繰り返されてきた、年に1度の光景だ。

だけど今年はいつもと少しだけ様相が違う。

先陣を担うのは、本来神社で待つべき巫女《みこ》装束姿の沙紀と、長い黒髪をなびかせる春希の、見目麗しい少女2人。どうせならと、周囲から是非先頭をと押し切られた形だ。

存在感のある古めかしくも豪奢《ごうしゃ》な山車に負けないくらい鮮やかで可憐な2つの華が、月野瀬の山に、川に、木々に、人々に、見てくれと、紹介するかのように咲き誇っている。

春希と沙紀の顔には幾分か羞恥《しゅうち》の色があったが、それでも「「よいっと、まーかせっ！」」と声を弾ませながら月野瀬を巡っていた。

山の麓の大きな樹、橋の近くの川のほとり、村の中央に鎮座するやたら大きな岩、その前にある小さな祠。

そこへ心太が本殿から託された神饌《しんせん》をお供えしていく。

途中、何度か住人の家の前で立ち止まり休憩する。

あらかじめ用意してくれていた串団子《くしだんご》やお茶、そして少量ながらビールも振る舞われ、祭りはドンドン盛り上がっていく。

すべての祠を回り終えれば、月野瀬をほぼぐるりと1周していた。

自家用車が1人1台当たり前の月野瀬は、中々に広い。

月野瀬の神様たちへの報告と感謝を終えて神社に戻ってくる頃には、すっかり陽は暮れてしまっていた。

◇◇◇

沙紀は神社の麓に着いてすぐ、着替えのために足早に戻っていった。

境内ではいくつものかがり火がパチパチと爆ぜており、夕暮れで暗くなった周囲を優しく照らしている。

「はいよ、お疲れ様！　まずは冷たいもの呑《の》む？」

「くぅ〜、キンキンに冷えたしゅわしゅわがたまらないね！」

「こっちはまず腹に収めるもんだ！　何か肉をくれ、肉を！」

「はいはい、たくさんあるから慌てんじゃないよ！」

神社では居残っていた女性陣が、酒とご馳走《ちそう》で出迎えてくれた。神饌を調理したものだ。

子猫も心太を「みゃあ！」と出迎え、そして空になったおぼんと共に本殿の方へと神官に手を引かれていく。その背中を子猫が尻尾《しっぽ》をピンと立てて追いかけている。

山車を牽《ひ》き月野瀬中を練り歩いていたので、誰しもへとへとになり空《す》きっ腹を抱えていた。祭りのまだ細かい儀式は残っているがそれはそれ。

残りは神職の方に任せ、こちらは一足早くビールや料理に飛びつき、それらを片手に宴会が繰り広げられ、あっという間にどんちゃん騒ぎになっていく。

熱気はまだ、冷めやらない。

隼人もまた身体の裡《うち》に残る熱気に当てられ、心が高揚したままだ。

ビールの代わりにラムネ瓶を２つ手に取り、その１つを境内のそこかしこに設置されている床几台《しょうぎだい》に腰掛け休んでいる、春希へと差し出した。

「ほれ、春希」

「あんがと」

「声、すっごい嗄《か》れてるな」

「……ずっと叫んでたし、あとそんな嗄れてないし」

「ははっ」

山車の先頭ということもあり、人一倍張り切っていた春希。

隼人の揶揄《からか》いに少しばかり唇を尖らせながら、ラムネ瓶を受け取る。

丁度その時少し離れたところで姫子が、「あたし、から揚げ！」と叫びながら大皿に突撃しているのが見えた。そして周囲のおばちゃんたちからこれもあれもと様々な料理を与えられ、「わっ、わっ」と慌てながらもちゃっかりと口の中をパンパンに膨らませていく。

隼人はその様子を見て笑いを零しながら、プシッとラムネ瓶のビー玉を押し込んだ。

春希も隼人に倣ってラムネ瓶のビー玉を押し込むも、こちらはプシュウウゥッと大きな音と共に泡を勢いよく噴き出させてしまう。幼い頃から変わらず、ラムネを開けるのが苦手のようだった。

「わ、わ、あわわ……んっ、んくっ……」

「相変わらず開けるの下手だな」

「……けぷっ」

勿体《もったい》ないと慌てて唇を寄せる春希。

炭酸を一気に飲んだから必然、可愛らしいゲップが出てしまう。

ジト目で抗議の視線を向けられれば、隼人は悪かったとばかりに両手を上げた。

そして春希の隣に腰掛け、今日の祭りのことを思い返す。

沙紀と共に先頭に立ち、皆と一緒になって山車を牽く。

その2人の姿は月野瀬中に広まったことだろう。

目の前で、誰もが笑顔になって繰り広げられているどんちゃん騒ぎが、祭りの成功を、春希の受け入れを物語っていた。

ゴクッとラムネ瓶を一気に呷《あお》る。隼人の口元が緩む。

するとポロリと、心の底から感じた言葉が零《こぼ》れた。

「今日は楽しかった。俺、春希と一緒に祭りに参加出来て、本当によかった」

隼人の言葉に春希は目をぱちくりとさせ、そして優し気に微笑んだ。隼人も微笑み返す。

「それもこれも、沙紀ちゃんのおかげだね」

「一緒になって担いだのは、ほんとビックリしたよ。いきなりだったし、巫女服に法被姿だし」

「うん……ホント良《い》い子だよ、沙紀ちゃん」

「あぁ、俺もそう思うよ。熱を出した時も、随分お世話になったし」

「きっとそれだけじゃないよ。多分、ずっと以前から。沙紀ちゃんが沙紀ちゃんになった時から……」

「……春希？」

春希の言うことが今一つよくわからなかった。

隼人が首を捻《ひね》っていると、春希はヨイショと立ち上がり、足元にあった小石を蹴《け》り飛ばしながら尋ねてくる。

「隼人ってさ、卒業したら月野瀬に戻ってくるの？」

「………………え？」

唐突な質問だった。

そして考えたことも無かったことだった。

急に問われても、正直分からないとしか答えようがない。

かろうじて、大学に進学することを決めていることくらいだろうか。

祭りの喧騒《けんそう》が、どこか遠いことのように聞こえる。

眉《まゆ》を寄せて難しい顔をしていた隼人を見て、春希はフッと笑って身を翻す。

そして拝殿の隣に設置されている、神楽《かぐら》殿へと足を向けた。

10畳ほどのささやかな大きさの、祭りの最後に沙紀の舞が奉じられる場所。

隼人も慌ててラムネを飲み干し背中を追う。

「月野瀬に戻ってきて沙紀ちゃんと話して、一緒に遊んで、ふと思ったことがあったんだ。もしボクがずっと月野瀬に居たらどうだったのかなぁって」

「それは……」

またも問いかけが変わる。

必死に想像力を働かせてみるも、どうしてもかつてのはるきと目の前の春希が重ならない。隼人にとってはるきははるきであり、春希は春希なのだ。

春希はどこか困ったような笑みを浮かべ、そして長い髪を手で束ねた。

「きっと髪は今みたいに長く伸ばしてなかったんじゃないかな？　ショートかウルフ、それかボブ。中学に上がって初めてスカート穿《は》いて、それを隼人が似合わねーって笑うんだ。沙紀ちゃんとも友達になっててね、ことあるごとに『村尾さんを見習えよ』って言われて、そしてきっとボクは沙紀ちゃんを――」

「……」

それはもしかしたらあり得たかもしれない光景。

皆との関係性も、きっと今とは色々と違っていたことだろう。

だけどそれはたられればの話だ。

どうして春希がいきなりそんな話をし出したのか、ますますわけがわからない。

眉間《みけん》に皺《しわ》が寄る。

「……なんてね」

そう言って春希はふぅっと息を吐き出しながら、髪を束ねていた手を離す。黒髪がかがり火に照らされふわりと揺れて広がる。

その瞬間、春希が纏《まと》う空気が変わった。

思わず目を見開く。そこに居たのは転校初日にも見かけた、清楚可憐《せいそかれん》な女の子。

「ボクはもうかつてのはるきじゃなくて、今は二階堂春希だから」

「あ、おいっ！」

春希は少し寂し気に呟《つぶや》き、舞台の前へと出る。

隼人が引き留めようと手を伸ばすも、どうしてか足が動かない。否、動かずそこで見守るのが正しいと思わされてしまった。

神楽殿が使われるのは祭りのオオトリだ。最後の時はまだかと、皆の意識もそこに集まっている。そこへふらりと春希が現れれば、どうしたことかと周囲の視線を集めてしまう。

春希は大きく息を吸った。

そして片手に持った空のラムネ瓶をマイクに見立て、世界を変革させる呪文《じゅもん》を紡いだ。

『あなたにひとめぼれ〜♪』

「——ぁ」

喧騒が一瞬にして静寂へと塗り替えられていく。

それは先日集会所でも唄《うた》っていた、かつて一世《いっせい》を風靡《ふうび》したドラマの主題歌。その、アカペラ。

切ない声色と眼差《まなざ》し、手が届かぬものに焦がれ藻掻《もが》くように求める手の動き、それでも追いかけていくかのような足《ステップ》さばき。

『――琥珀《こはく》の夢～♪』

伴奏もなく、ただ春希の身1つだけで作り出されていく虚構《ドラマ》の世界。

突然異世界に連れていかれた住人たちは、その術の使い手である魔法使い《春希》から目を離せない。誰しもが呼吸すら忘れ、魅入られている。

目まぐるしく様々な姿が演じられるその様相は、まるでいくつもの顔を持つ月の如く。

『――碧《みどり》の手紙、心に呑み込む……♪』

やがて唄い終える。

皆、春希に呑み込まれてしまっていた。心は掴《つか》まれたまま。

余韻は未《いま》だ冷めやらず、だが呆《ほう》けたままどうしていいかわからない。誰しもその場に立ちすくんでいる。春希はそんな周囲に向けてぺこりと頭を下げた。

しかしそれは終わりの合図じゃない。

――前座。

そんな言葉が脳裏を過《よ》ぎった時のこと。

シャン、と鈴の音が鳴った。

それと共に、拝殿から現れた幽玄的で神秘的な少女が、沙紀が、春希の作りだした世界を切り裂いていく。

皆の意識が沙紀へと向かう。

ごくりと喉《のど》を鳴らす。
その時、隣に戻ってきた春希が、ポツリと神妙な声色で呟いた。
「ね、隼人。沙紀ちゃんをさ、しっかり見ててあげてよ」
「そんなこと――」
――言われるまでもない、と隼人は最後まで言い切ることが出来なかった。
春希の視線は真っすぐに沙紀へと伸び、全身の筋肉を強張《こわば》らせている。
その顔はやけに真剣で、隼人も一瞬の躊躇《ちゆうちよ》のうち、それに倣う。
やがて宮司が奏でる笛の音と共に、神楽《かぐら》が始まった。
夜の帳《とばり》が下ろされた星空の下、かがり火が主役である沙紀を照らす。
それは平安時代から、気の遠くなる昔から受け継がれてきた舞。
太古の昔、この地で起こったことを表す物語。
奇《く》しくも春希が前座で唄ったものと同種のもの。
凛《りん》と鳴る鈴の音と共に沙紀が舞う。
鮮やかに、艶《つや》やかに、華やかに。
甘く切なく、うら恋しく、痛ましく。
歓喜、哀惜、憧憬《しようけい》。
沙紀は舞で様々な情景を表している。

子供の頃から幾度となく見てきたものだが、今年の沙紀は今までで一番色付き、太陽のように力強く輝いていた。隼人も思わず、「あぁ」と感嘆の声を漏らす。

「……やっぱり、ボクとは違うね」

「春希？」

「だって、ほら……」

ふと春希が言葉を零す。そしてちらりと周囲を見回した。

皆の目は春希の時と同じく沙紀に釘付《くぎづ》けであり、しかしその口元は緩んで「ほぅ」「はぁ」といったため息が漏れている。——隼人と同じように。

その様子を見た春希が自虐的に小さく笑う。

「ボクのはね、名前も顔も知らない誰かに向けた取り繕うためのもの。沙紀ちゃんのは、胸の中から自ら生まれた、伝えたい人に向けられたものだから」

「そん——」

——そんなこと、そこから先の言葉が出てこない。

隼人は今度こそ掛ける言葉を失くしてしまっていた。

ふいに脳裏を過ぎったものは、再会してからいたるところで仮面《猫》を被《かぶ》り、他人とは適当にやり過ごし、一目置かれる存在だというのに孤立している春希の姿。

春希は今、その硬い笑みを浮かべている。

隼人は衝動的に手を伸ばすも、その手はひらりと空を切った。

え？　と虚を衝かれた顔を晒《さら》していると、春希は諭すように沙紀へ視線を向けて呟く。

「隼人」

「…………」

忠告するように名前を呼ばれるも、その瞳《ひとみ》はただ沙紀だけを捉《とら》えていた。

やがてシャンッという鈴の音と共に、神楽が終わる。

すると同時に、大きな拍手と歓声が沸き起こった。

「沙紀ちゃん、今年も良かったよーっ！」

「これを見ないとやっぱ祭りは終えられねぇや！」

「よし、次は誰ん家で呑《の》みなおす⁉」

祭りは終わりを告げ、世界が日常へと戻っていく。

そんな中、隼人は少しばかり呆然《ぼうぜん》としていた。

何か歯車が嚙《か》み合っていないような、否、ずらされているかのような感覚。

胸の中ではぐるぐると様々な感情が渦巻いている。

「隼人、沙紀ちゃんのとこ行こ？」

「あ、あぁ」

しかし春希はそんな隼人のことなんてお構いなしに、手首を摑んで引っ張っていく。

沙紀は神楽殿の傍にある床几台《しょうぎだい》に腰掛け、いなり寿司《ずし》を頬張っていた。

手を振りながら近づいてくる春希に気付くと慌てて呑み込み、とんとんと胸を叩《たた》く。

「お疲れ様、沙紀ちゃん。すんっっっごくよかったよ！」

「んんっ、あ、ありがとうございますっ！　その、直前に春希さんがあれだったから、今年は余計に緊張したといいますか！」

「あはは、でも気合いが入ってよかったとか？」

「も、もぉ〜っ！」

春希が軽い調子で話しかければ、沙紀は子供っぽく頬を膨らませて抗議のジト目を向ける。普段どこかしっかり者なところのある沙紀の、あまり隼人には見せたことのない、年相応の姿だった。

そこには気の置けない空気があり、月野瀬に来てから春希と沙紀の距離が一気に縮まったことを感じさせる。

「……そういや、さっきまでここに姫子いなかったっけ？」

「あ……姫ちゃんその、食べ過ぎたみたいで、ええっと……」

「あはは、ひめちゃんらしいや」

そこへ、隼人もするりと交じる。呆気《あっけ》ないほどスムーズで、こうして沙紀と言葉を交わすことなんて、月野瀬に戻ってくる前には想像もできなかった。

今年の夏は、祭りは、隼人たちの何かを劇的に変化させている。

「そだ、沙紀ちゃん。1日早いけど、せっかくだからアレ、渡そ？」

「え、あ、はいっ」

「てわけだから、隼人はそこで待っててね！」

「あ、おいっ！」

そして春希は沙紀の手を引き、あっという間に住居の方へと去っていく。

1人取り残された隼人は、先ほどまで春希に掴まれていた手首を眺め、はぁ、とため息を吐いてガリガリと頭を掻いた。

周囲を見回してみる。

祭りは終わり、食事も大半が片付けられており、多くの人が帰路に就いている。ぱちぱちと音を立てるかがり火も勢いが衰えており、小一時間もすれば完全に消えるだろう。

祭りの後、だった。

その光景を見ていると、少し物悲しい気持ちになる。

明後日《あさって》には都会に戻るということもあって、余計に。

「村尾さん、か……」

胸の中は複雑だった。その中でも戸惑いの色が多くを占めている。

今まで距離が近いようで遠かった女の子。

隼人がぐしゃりと顔を歪《ゆが》ませていると、「おーいっ！」という春希の声が聞こえてきた。

視線をそちらに向ければ俯《うつむ》く沙紀の手を引いており、少しばかり眉《まゆ》を寄せる。

そして目の前まで戻ってくると、春希はすかさず沙紀の背後に回り込み、ぐいっと背中を押す。

「はい、沙紀ちゃん！」

「は、春希さんっ」

「えぇっと……？」

隼人の目の前に押し出される形となった沙紀は、胸に何かを大事そうに抱えていた。

頬を赤く染め、俯きがちに睫《まつ》毛《げ》を震わせている。

改めて沙紀を見る。

色白で線が細く、神秘的な雰囲気を纏《まと》い、奥ゆかしくも春希にも劣らぬ美貌《びぼう》を持つ女の子。そんな沙紀にもじもじと時折上目遣いで視線を送られれば、隼人でなくともドキリとするなという方が難しい。

「沙紀ちゃん」

「っ！」

春希の優しい声が、沙紀の背中を叩く。

すると沙紀はそれに押されるように1歩踏み出し、きゅっと固く結んだ唇と共に、垂れ目がちの瞳を真っすぐにぶつけてくる。ドキリと胸が騒ぐ。

そして胸に抱いているものを勢いよく、半ば押し付けるように差し出してきた。

「い、1日早いですけど、誕生日プレゼントですっ！」

「…………えっ」

◇◇◇

春希の目からも、隼人の動揺はよく見てとれた。

紅潮する頬、彷徨《さまよ》う視線、しどろもどろになって零《こぼ》れる母音。

当然だろう。沙紀は同性である春希から見ても、ため息が出てしまうほどの美少女だ。

そんな女の子にプレゼントと共に、真っすぐな好意を向けられれば無理もない。

しかし沙紀は硬直する隼人をどう思ったのか、不安げに睫毛と声を震わせる。

「あ、あのその、いきなりこんなものを渡されても、迷惑、ですよね……」

「っ！　い、いや、そんなことは！　誰かから誕生日プレゼントをもらうのって初めてで、ちょっとどう反応すればというか……その、嬉《うれ》しい、です、はい……」

「よ、よかったです！」

「ええっと、これって……」

「え、エプロンです。姫ちゃんからお兄さんが今使ってるの、ボロボロだって聞いて」

そう言って沙紀は、隼人の目の前で胸に抱えていたものを広げる。

デフォルメされた狐のワッペンがアクセントになっている、ちょっぴり可愛らしい手作りエプロン。ネットを見て手探りで調べながら作り上げ、分厚いワッペンに苦労して針を通していたことをよく覚えている。

そんな、沙紀の想いの込められたプレゼント。

エプロンを目にした隼人から「狐、村尾さんらしいね」「自分で作ったの？」と言われる度に、沙紀は表情を一喜一憂させている。なんとも微笑ましい光景だ。

だから春希は一瞬、お似合いだなんて思ってしまった。

それにきっとこれは、隼人が都会に出て来なければいずれ展開されていただろう光景だ。

確信をもって言える。

「……っ」

春希の胸にじくりと苦いものが滲《にじ》む。

この場にいるのは、ひどく場違いな気さえしてくる。

だから春希は足音を殺し、そっとこの場を離れた。

月が煌々《こうこう》と輝いていた。

山を駆け下りていく夜風は、ザァザァと木の葉を揺らす。

春希は長い髪を振り乱し、何かを振り払うかのように闇の中を駆けている。

「……ぁ」

何とも言えない声が漏れる。ただ、がむしゃらに走っているはずだった。

目の前に広がっているのは、かつて祖父母と何かある度に蔵を抜け出してやってきた秘密基地。末社《まっしゃ》。月と星に照らされた向日葵《ひまわり》が、あの頃と同じように揺らめいている。

春希はぎゅっと胸のシャツを掴《つか》む。

隼人と沙紀が、大事な友達である2人が仲良くしている姿を見るのは喜ばしいことで、歓迎すべきことで、しかしどうしてか胸がざわついてしまう。

それは心の奥底で育ち、肥大しつつある感情のせいかもしれない。

だけど。だけれども。

それでも春希の中には、どうしても譲れない矜持《きょうじ》があった。

「……沙紀ちゃんは幼いころからずっと、隼人のことが好きだった」

事実を確認するかのように口に出してみる。

きっと、この世界で誰よりも早く、一番初めに隼人を好きになった女の子。

それだけでなく月野瀬での沙紀を見れば、陰になり日向《ひなた》になり隼人を支えてきたというのもわかる。打算もなく、見返りも求めずに。

好きだから、助けたいから、助けてきた。

だから、最初に想いを伝えるのは沙紀でなければならない。

それに沙紀は春希の友達だ。

春希にとって、友達は特別だ。家族よりも、何よりも特別だ。

『はるき、おれたちはずっとともだちだから！』

ふいにかつて隼人と交わした約束を思い出す。

かつての言葉が見えない鎖となって春希に絡みつき、身動きできなくなる。

せめてとばかりにぎゅっと拳《こぶし》を握りしめようとして、そこで初めてスマホケースを握っていることに気付く。

「……ぁ」

それは隼人へ沙紀と一緒になって渡そうとして作った誕生日プレゼント。

以前一緒にスマホを選びに行って、ケースをどうするか有耶無耶《うやむや》にしたままだったのを思い出して作ったもの。

「隼人、誰かから誕生日プレゼントもらうの初めてって言ってたっけ……」

先日ゲーセンで取れた、やけに胴の長い猫のぬいぐるみを貰《もら》った時のことを思い返す。

その時に感じた思いも。

顔がくしゃりと歪む。頭の中は色んな感情でぐちゃぐちゃだった。

「っ⁉」

その時ふいに、春希のスマホが通知を告げる。

画面を見ればみなもからのメッセージ。

『今日は頑張ってたくさん耕しました』

そんな言葉と共に、未使用だった花壇の一角を畝に変えた画像も添えられている。

日常の1コマを切り取った、なんてことないもの。

それを目にした春希は、反射的に通話をタップしてしまっていた。

「やほー、みなもちゃん。新しく何か植えるつもりなの？」

『あ、春希さん。はい、秋に向けてとりあえず場所だけでもと』

「なるほどなるほど、秋の終わりから冬の初めに穫れるものかな？」

『ジャガイモ、大根、白菜、ブロッコリー……ふふ、実際何にするかは新学期が始まって、皆さんと相談できたらなという感じですけどね』

「…………っ」

新学期。

みなもが何の気なしに投げかけた言葉に、まるで頭から冷水を掛けられたかのように身体を強張《こわば》らせ、言葉を詰まらせる。急に現実に引き戻されたかのような感覚。

目前に迫った沙紀との別れ。

そのことを強く意識させられ、とても嫌なものだなと感じてしまう。

『……春希さん？』

「あ、うぅん、なんでもない。ちょっと目にゴミが入っただけ」

みなもはそんな春希の様子をつぶさに感じ取ったのか、どこか慮《おもんぱか》るような声色で名前を呼ぶ。春希は一瞬戸惑い言い訳を探すもしかし、通話の相手がみなも――友達であることを思い返し、このどうしようもない感情をそのまま吐き出したくなって、少しばかり甘えを含んだ声色でとつとつと胸の裡《うち》を零していく。

「……沙紀ちゃんってね、すっごく良《い》い子なんだよ。月野瀬で実際にあって、つくづくそう思ったんだ」

『はる……』

「細かなことによく気が付いてさりげなくフォローしてくれたり、助けてくれたり、ボクも随分助けられちゃった。縁の下の力持ちっていうか、傍にいると安心するというか……月野瀬の皆もそんな沙紀ちゃんのことが分かっててさ、だから可愛がられてて……」

先ほどの隼人と沙紀の姿を思い返す。

隼人は春希のことを、相棒と言ってくれた。

一緒なら1人じゃできないことも出来るようになる、と。

翻って隼人にとって沙紀はどんな存在なのか。

月野瀬で隼人が仕事をしたり、何かしたりする居場所を作ってくれた功労者。

おそらく、はやとが隼人になったのは沙紀のおかげなのだろう。

春希が一緒に羽ばたくための片翼だとしたら、沙紀は帰るべき止まり木。戻るべき場所。

そう、思ってしまった。

「――ぁ。ボク、わかった……」

『……え？』

ふいに、何かがストンと胸に落ちた。

きっとそれは、なんとはなしに沙紀の背中を押すようなことをしてきたものの正体。

「沙紀ちゃんは皆に愛されて育ったから……だから、本当に誰かを愛することができる子なんだ……」

――どこか歪《いびつ》な自分と違って。

先ほど見た神楽舞《かぐらまい》が、なにより雄弁にそのことを物語っていたではないか。

言葉が出てこなかった。

何ともいえない空気が流れスマホ越しにみなもの困惑が伝わってくる。必死に春希に掛ける言葉を探しているのがなんだか申し訳なくなって、くすりと自虐的な笑みが零れた。

「んっ、それじゃまたね、みなもちゃん！」

『……あっ！』

強引に通話を切り、込み上げてくるものが溢《あふ》れ出ないよう天を仰ぐ。

ザァッと風が吹く。

月と星明かりの下、向日葵たちが祭りの後を寂しげに唄《うた》った。

◇◇◇

沙紀の思考はいっぱいいっぱいになっていた。

「き、狐さんはその、姫ちゃんによく私の髪の色と似てるって言われててっ」

「そ、そうなんだ。あ、でもこれ可愛らしいから、使って汚すと申し訳ないというかっ」

「そ、その時は来年に別のを用意しますんでっ！」

「っ⁉　そっか、来年もかっ」

「べ、別のにした方がいいでしょうかっ⁉」

「そういうことでなくっ！」

「あっ！」

「……っ」

「……」

そして何度目かの沈黙が流れる。先ほどから手に持ったエプロンを挟んで、意味があるようでないような空滑りする会話を繰り返していた。

沙紀にとって今のこの状況は、ほんの2ヶ月前には想像もしなかったものである。心の準備など出来ていやしない。色んな段階を一気にすっ飛ばしたようなものだ。

それでもいつまでもこの空気に浸っていたい気持ちがあった。

だけどそういうわけにもいかない。

かがり火では炭になった薪《たきぎ》が、僅《わず》かに赤く瞬いている。

それだけ時間が経てば、さすがに少しばかりの落ち着きを取り戻す。

気付けば周囲は真っ暗になっていた。

「と、というわけで、これ、受け取って――」

「あ、あぁ…………村尾さん？」

「――っ！」

そしてふと、異変に気付く。隼人に渡しかけたエプロンを引っ込める。

少しばかりしょんぼりした顔を見せた隼人に不覚にもキュンと胸をときめかせるも一瞬、緩んだ口元を引き締め、周囲を見回し尋ねた。

「えぇっと、春希さんは……？」

「あ……そういや居ないな？　どこに行ったんだ？」

いつの間にか春希の姿が見えなかった。

どうしていなくなったかはわからない。

沙紀にとって、春希はなんとも言葉にしづらい相手だ。

見た目は楚々《そそ》とした美少女。だけど中身は人懐っこく、隼人とも幼い頃と変わらぬ距離を築いている。沙紀の目から見ても春希にとって隼人は特別な存在だというのは明白だ。

置かれた状況を考えると、一言で表せないほど複雑なものがあるのだろう。

そしてきっと、異性としても。ぎゅっとエプロンを抱きしめる。

疎遠だった隼人との距離を詰められたのは、春希のおかげだ。

だけどこの状況は、明らかに春希によってお膳《ぜん》立《だ》てされている。

「お兄さん、この誕生日プレゼントって、春希さんとそれぞれ一緒に作ったんです」

「え、春希も……？」

「はい！　だからその、渡すときは春希さんと一緒じゃなきゃダメなんですっ！」

それは沙紀にとって譲れない矜持だった。

じゃないとこれから先、胸を張って春希の隣に立てないような気がしたから。

「春希さんを捜しましょう！」

「む、村尾さん⁉」

沙紀は驚く隼人の手を取り、駆け出した。


青白い月の光が、木々の間から差し込まれている。

沙紀は神社の階段を駆け下りながら周囲を見回す。

生まれた時からずっと見てきた、変わらない景色が広がっている。

木々は、山々は、まるで牢獄《ろうごく》のよう——そう思っていた時もあった。

しかし今は、世界がとても鮮やかに色付き輝いていることを知っている。

だけどもっと近付きたいと願いつつも、見ているだけで何もせず、かつてと同じく停滞した日々を過ごしていた。

そしてある日突然訪れた予期せぬ別れ。

あの時の喪失感は忘れられそうにない。

このまま縁が切れる未来が、はっきりと見えた。

そんな時、手を引いてくれたのは誰だったか。

グルチャ、遊び、誕生日プレゼント。

あぁ、いつも流されてばかり。

きっと。

今ここで変わらなきゃ、この先ずっとこの後悔を抱えていくことになるだろう。

だから今、走っている。

「村尾さん、捜すったってどこを!?　あてはあるの!?」

「わかりません！　でもわかります！」

「どっち!?」

「あははっ！」

沙紀自身、どうかと思う言葉だ。だけど自然と笑い声と共に出てきた。

こういう時、春希が向かう場所。

きっと、かつてはるきがはやとには見せたくない顔をしていた時に行く避難場所。こっそりと沙紀に教えてくれた、とっておき。一瞬、隼人を連れて行っていいのか躊躇《ためら》うものの、敢《あ》えてそれを無視した。無視してやった。

「ここって……」

背中から隼人の訝《いぶか》し気な声が聞こえてくる。

当然だろう、ここはかつての2人にとって特別な場所なのだから。

生い茂る雑草を掻《か》き分け、鬱蒼《うっそう》とした木々に閉ざされた道を抜ければ、果たしてそこには月を見上げて佇《たたず》む春希の姿があった。

夜の向日葵《ひまわり》と共に月と星に照らされる春希は、とても綺麗《きれい》で鮮やかな、一輪の花。

まるで絵画や御伽噺《おとぎばなし》から抜け出したものを切り取ったような幻想的な光景で、思わず息をするのも躊躇ってしまう。

しかしそれも一瞬、沙紀はキッと垂れ目がちな瞳《ひとみ》を精一杯吊《つ》り上げながら真っすぐに春希の姿を捉《とら》え、このどこか儀式にも似た硬い空気を、声を張り上げ切り裂いていく。

「春希さんっ！」

「っ⁉ 沙紀ちゃん……それに隼人、も……」

こちらに気付き驚く春希。その顔を見た沙紀は瞠目《どうもく》し、息を呑《の》む。

泣いていた。

涙の跡は無く、声も出してはいないけれど、確かに春希は泣いていた。

きっと。

幼い頃、ここへと逃げこんだ彼女は、あんなふうに泣いていたのだろう。

だから沙紀はそれが、

とても、
無性に、
気に入らなかった。
締め付けられる胸に拳《こぶし》を当て、ずんずんと詰め寄るように春希の下へと行く。

「え、ええっと沙紀ちゃん、どうしたのかな？　ぷ、プレゼントは……」

「春希さん、お話があります」

「あ、はい。な、何かな？」

「私、春希さんと喧嘩《けんか》しに来ました！」

「さ、沙紀ちゃん⁉」

「えーいっ！」

「っ⁉」

「む、村尾さん⁉」

そして沙紀は大きく手を振り上げ、ぺしりと春希の頬を撫《な》でるように叩《たた》く。

春希は目をぱちくりとさせながら沙紀の顔を覗《のぞ》き込む。

「え？　え？　えっとなに、喧嘩？」

「はい、喧嘩です。ほっぺただって引っ張っちゃうんだから！」

「しゃ、しゃひひゃん⁉」

今度はむにーと春希のほっぺたが引っ張られる。

先ほどの平手打ちもそうだが、こちらも可愛らしい戯れのようなものだ。

だけど沙紀の瞳は、きわめて真剣だった。

「私、春希さんに仲良くなりたいって言われてすごく嬉《うれ》しかったんです！　友達になって、この数日一緒に遊んですごく楽しくて……私、春希さんのこと大好きなんです！　本当の友達になりたいから……だから喧嘩するんです！」

沙紀は言葉を選ばず真っすぐにぶつけ、心のままに叫ぶ。目にはうっすら涙も浮かべている。感情的になっているのは百も承知。言ってることもどこか支離滅裂だ。

　それでも言わずにはいられない。

「だから、変に気を遣ったり、遠慮とかしたりしないでよ、バカーッ！」

「…………ぁ」

春希の顔が、仮面にひびが入ったかのようにくしゃりと歪《ゆが》む。

きっと、このままでいて良《い》いことなんてない。

自分が変われば世界が変わる——沙紀はそのことを幼い頃に知った。

だけど思えば今まで変わることを恐れ、傷付くことを怖がり、何もしてこなかった。

変わることはとても、とても怖いことだ。

それでも後悔を抱えるよりはよっぽどマシだと、2ヶ月前に思い知った。

だから沙紀は、相手に迷惑がかかるだとか嫌われるだとか、そんな恐怖を呑み込み一歩踏み出す。

「私、我儘《わがまま》を言います！」

「さ、沙紀ちゃん⁉︎」

強引に春希のスマホケースを持つ手を取り、隣に並ぶ。

我儘――その単語に春希がビクリと肩を震わせるも、沙紀はそれも無視して仕切り直しの意味を込めてコホンと咳《せき》ばらいを1つ。

「プレゼントを渡すのは、春希さんと一緒じゃなきゃイヤです！」

「え、あ……」

沙紀に促されるまま、一緒に隼人の目の前へとプレゼントを差し出す。

隼人は少しばかり気圧《けお》されながらそれを受け取る。

「あ、その、ありがとう春希……それに、村尾さん」

「それも、イヤです」

「……え？」

「私だけ村尾さん。皆名前で呼び合ってるのに、私だけ他人行儀でイヤですっ！」

「あ、うん、沙紀、さん……」

「………………はい」

勢いのまま我儘を言っているものの、名前を呼ばれれば赤面してしまう。

そこで沙紀が黙ってしまうと、神妙な空気が流れ、だけど春希ははにかみながらも手を握ってくる。沙紀はその手をぎゅっと握り返し、そして隼人の手も勢いに任せ強引に摑《つか》む。

ずっと見ているだけだった。

学校で、神社で、そこらの道端で。

何もできなかった。

そんな中、強引に輪の中に入れてくれたのは誰だったか。

心の中の天秤《てんびん》に、そっと色んなものを載せてみる。

朝焼け、川遊び、バーベキュー。

グルチャ、雑談、プレゼント作り。

楽しかったこと、驚いたこと、傷付いたこと。

交わした言葉、重ねた感情、共にあった思い出。

何もかもが足りていない。

だからこそ、隼人とも春希とも、それらを積み上げて釣り合っていたいと強く願う。

きっと。

今からだって、遅くはないのだから。

「私、高校は同じところに行きます！　絶対に！　春希さんだけじゃなく、お兄さんも姫ちゃんも大好きだから……だからっ、春希さんにお兄さん――っ！」

だから沙紀は変わると決めた。

急には無理だろう。

上手《うま》くいかないかもしれない。

それでもこの決意を、自分の心に素直《我儘》になって高らかに謳《うた》う。

「――これからは私も、同じノリで接してくださいっ！」

エピローグ

9月になった。

暦の上ではとっくに秋になっているものの、まだまだうだるような暑さが残っている。

とはいえ今日から新学期。

久しぶりに学校生活が再開されることもあって、通学路を歩く隼人《はやと》の足取りは軽い。

教室へと足を踏み入れれば、同世代がひしめく騒がしいこの場所に少しばかりの懐かしさを覚えてしまい、思わず苦笑を零《こぼ》す。

この夏休みは色々なことがあった。

周囲を軽く見回してみればそれは他のクラスメイトも同じのようで、真っ黒に日焼けしていたり、以前とは全然違う体型や髪型になっていたり、急に距離を縮めた男女なんかが目に入る。きっと彼らにもそれぞれの物語があったのだろう。

こういう目に見える変化は、月野瀬《つきのせ》ではまずお目に掛かれなかったものだ。そもそも向こうには人がいない。

都会に来てからつくづく感じることだが、色んなことが目まぐるしく変化していく。

いきなりの変化に付いていけないことも多い。

この夏で変わったといえば隣の席の春希《はるき》も、周囲からは変わったように見えるだろう。

「…………ふぅ」

悩まし気にため息を吐き、しかしどこかそわそわと落ち着かない。

時折思い出したかのようにスマホを取り出し弄《いじ》って眺め、そして再度ため息を吐く。

明らかに何か、誰かへ思いを募らせているかのような姿だった。……いつかの姫子《ひめこ》の時と同じように。

春希の気持ちも分からないでもない。だけど当然ながら周囲の目を引かないはずもなく、隼人にも不躾《ぶしつけ》で探るような視線がぶつけられている。

隼人はガリガリと頭を掻き眉間《みけん》に皺《しわ》を寄せていると、いきなりガシッと逃さないとばかりに肩を組まれた。

「はぁ～やぁ～とぉ～」

「い、伊織《いおり》っ」

「大変だったぜぇ、バイトのシフト結構アテにしてたのにいきなり穴を空けられてよぉ～……くっ、おかげで夏休み後半、恵麻《えま》とどこにも行けなかった……っ！」

「わ、悪《わり》ぃ、こっちに戻ってきてからも色々あってな……あーその、一輝《かずき》が手伝ってくれたんだって？」

「あぁ。といっても部活があるからそれなりにだけど。それでも一輝がいなかったらやばかったな」

「そっか。今度お礼言っておかないとな」

「……んで、二階堂《にかいどう》と何があったんだ？」

「あーそれは……あ、あははは……」

伊織が訝《いぶか》し気に春希へと視線を向ける。ジト目と共に言外に「どういうことだ、説明しろ」と語っているものの、どう答えていいかわからない。

隼人が愛想笑いで誤魔化していると、業を煮やしたのか春希に突撃する者がいた。伊織の彼女、伊佐美《いさみ》恵麻だ。

「おひさ、二階堂さん」

「あ、伊佐美さん……ごめんなさい、ここ数日急にバイト代わってもらって……」

「あはは、急用じゃ仕方ないもんね。けど、うん、それはそれとして……バイト出られなかった理由って、そのスマホの相手が関係しているの？」

「っ⁉　え、えぇと、そのこれは……」

「これは……？」

伊佐美恵麻には有無を言わせぬ迫力があった。

それだけバイトが忙しかったのと、予定が潰《つぶ》された怨《うら》みでもあるのだろうか？

たじたじになった春希が追い詰められていく。

これを勝機と見たのか周囲から他の女子たちが「え、なになに、何があったのー？」

「そういや御菓子司《おかしつかさ》しろで二階堂さんがバイト始めたってホント～？」と言いながらやって来ては春希を囲み、逃げられそうにない。

隼人はご愁傷様とばかりに苦笑を零し、ポツリと何かを案じるような声で呟《つぶや》いた。

「……高校からって言ってたんだけどなぁ」

◇◇◇

自分が変われば世界が変わる。

だから沙紀《さき》は少しだけ自らの心に素直になって、望みはしっかりと言葉にしようと決めた。

しかし世界は沙紀の予想だにしないスピードで変化を遂げる。

いつだって世界が変わる時は一瞬で突然なのだ。

「わ、肌白っ！　ていうかあれ地毛っ!?」

「かわいー、っていうか胸も結構大きい!?　ふぉぉ、こいつぁ滾《たぎ》るってやつね！」

「たしか彼女って、霧島《きりしま》ちゃんの地元の友達だっけ？」

「おーい、沙紀ちゃーんっ！」

沙紀の目の前に広がっているのは、月野瀬の小中学校の全校生徒もかくやという数の同級生。あまりにも人の多さに頭がくらくらしてしまう。

それがまだ他にも3クラスあるという。わけがわからない。

都会は月野瀬よりも人が多いと聞いてはいたが、これは沙紀の想像を軽く超えていた。

そんな数の彼らから一身に好奇の視線を浴びせられれば、緊張から身体が強張《こわば》ってしまうのも無理はない。

沙紀は今、転校生として都会の中学校の教壇前に立っていた。

田舎の野暮ったいジャンパースカートではなく、洗練されたデザインの真新しいセーラー服に身を包み、あまりにオシャレ過ぎて、制服に着られていないかどうか妙に不安になってそわそわしてしまって、襟や裾《すそ》が折れ曲がってないか気になってしまう。

教室の端からこちらに向かって能天気に両手を振っている親友の姫子《ひめこ》のきらきらした笑顔が、今は少しばかり恨めしい。

(どうしてこうなっちゃったのぉ～っ⁉)

あれから沙紀は、両親や祖父母、親族にも自らの望みをはっきりと口にした。

都会に行きたいと。

隼人や春希、姫子が行くであろう同じ高校に、どうしても通いたいと。必死だった。

それは今まで聞き分けがよくあまり手間もかからず、熱心に神社のこと《家業》を修めてきた沙紀の両親や祖父母、親族にとって、初めて聞く沙紀の願望《我儘》だった。

彼らの驚きと共に下した答えが、今のこの状況である。

沙紀は驚きつつも、嬉《うれ》しいやら少しだけ申し訳ないやら。

おかげでこの8月最後の1週間は月野瀬の皆を始め、隼人や春希、姫子を巻き込んで上を下への大騒ぎ。

あらかじめ目星をつけていた物件なり、進学に伴う引っ越しの準備なども進めていたものの、それでもかなりの強行軍。

色んな人の伝手《つて》やら手を借りて、急遽《きゅうきょ》都会への引っ越しと相成った。

「えーっとその、村尾《むらお》さん？」

「は、はいっ、村尾沙紀と申しますっ！　山奥から転校してきてその、右も左もわからない田舎者ではありますが――」

担任教師に促され、しどろもどろになりながらも自己紹介の言葉を紡ぐ。

思い返せば、世界が変わるのはほんの一瞬だということは知っている。

それでもこの状況はあまりにも予想外。

正直なところ困惑している。

だけど、それでも、沙紀は自ら変わると決めたのだ。
尻込《しりご》みなんてしていられない。
深呼吸を1つ。
胸を張って、自分基準で不敵な笑みを浮かべながら高らかに宣言をした。
「――皆さんと同じように、これからは私も、同じノリで接してくださいっ！」
そして大きな拍手と歓声で迎えられ、ビクリと肩を震わせる沙紀だった。

あとがき

雲雀湯《ひばりゆ》です！　正確にはどこかの街の銭湯・雲雀湯の看板猫です！

このあとがきで皆さんとお会いするのも4回目、もうすっかり常連さんですね！


てんびん4巻、いかがだったでしょうか？

実は今までで一番文字数が多かったりします。だけどページ数は3巻の方が多いですよね？　編集マジックのおかげでページ数を抑えたわけですが、ふふっ、さぁどういうことかわかるかな〜？

今回作者として一番色々と想いを込めたシーンは、ダム湖のくだりになります。実は元々プロット上には無くて、急にキャラが動き出しちゃったところだったりもします。

というわけで、急遽《きゅうきょ》年末ダム湖へ取材に行ってきました。

近畿《きんき》地方最大の人造湖を誇る、奈良県吉野《よしの》郡下北山《しもきたやま》村にある池原《いけはら》ダムです。

大きかった。思った以上に大きかった。そして時間も見計らい暗いうちから出掛け、作中同様に朝陽に輝く水面は、それはもう圧倒されましたね。

ダムに沿って道を走っていると、六地蔵と一緒に水没の碑などもありました。

かつてそこには何百戸もあって、それぞれに生活があり、だけど水に呑《の》み込まれてしまっている。何とも言いようのない想いが疼《うず》きます。あの時の驚きや感動を、作中で隼人《はやと》と春希《はるき》に語ってもらいましたが、少しでも伝わるといいなぁ。

それはさておき。都会の方に沙紀《さき》もやって来て、ここまでで隼人と姫子《ひめこ》の引っ越しに端を発した一連の騒動に一区切り、といったところです。

実はてんびんを書き始めた当初、ざっくりとこの4巻までの内容を思い描いておりました。この4巻までが第1部、といえば良いのでしょうか？　とにかく、ここまでを形に出来たことにちょっとした達成感のようなものがありますね。

次巻からは新学期、夏休みを経て変わった状況の物語を楽しんでいただけたらなと。

幼いわけでもなく、大人とも言い切れない彼ら。

彼らにとってまだ、素直に生きる、というのは難しいことだと思います。

ごまかし、仮面、化かし合い。

誰もが悩み探り合い、時にはあやふやにしてやりすごし、それでも等しく時は流れ変化を促します。学生だからこそ、なおさら。立ち止まってはいられない。

そんな彼らを、これからも見守り応援していただけると幸いです。

また、大山樹奈《おおやまきな》先生によるてんびんコミカライズ版1巻も、時を近くして発売されます。

そちらの方も合わせて、よろしくお願いしますね！

それからいつもファンレター、ありがとうございます。
文章が詰まってしまった時、筆が動かなくなったりする時がありますが、そんな時はいつも読み返しては元気をもらい、背中を押される形で進むことが出来るようになります。
ファンレターには不思議な力がありますね。たとえ文字数が少なくても、にゃーんの一言であっても、そこに込められた想いが書かれていること以上に伝わってきます。

最後に編集のK様、様々な相談や提案、ありがとうございます。イラストのシソ様、美麗な絵をありがとうございます。私を支えてくれた全ての人と、ここまで読んでくださった読者の皆様に心からの感謝を。これからも応援してくれると幸いです。
ファンレターはいつものように、『にゃーん』だけで大丈夫ですよ！

令和4年　3月　雲雀湯

にゃーん！

転校先《てんこうさき》の清楚可憐《せいそかれん》な美少女《びしょうじょ》が、昔男子《むかしだんし》と思《おも》って一緒《いっしょ》に遊《あそ》んだ幼馴染《おさななじみ》だった件《けん》4

著　雲雀湯《ひばりゅ》

角川スニーカー文庫　23130

2022年4月1日　初版発行

発行者　青柳昌行

発　行　株式会社KADOKAWA
〒102-8177 東京都千代田区富士見2-13-3
電話　0570-002-301（ナビダイヤル）

印刷所　株式会社暁印刷
製本所　本間製本株式会社

●お問い合わせ
https://www.kadokawa.co.jp/（「お問い合わせ」へお進みください）
※内容によっては、お答えできない場合があります。
※サポートは日本国内のみとさせていただきます。
※Japanese text only

Printed in Japan　ISBN 978-4-04-111958-7　C0193

★ご意見、ご感想をお送りください★

〒102-8177 東京都千代田区富士見 2-13-3
株式会社KADOKAWA　角川スニーカー文庫編集部気付
「雲雀湯」先生
「シソ」先生

[スニーカー文庫公式サイト] ザ・スニーカーWEB　https://sneakerbunko.jp/

角川文庫発刊に際して

角川源義

第二次世界大戦の敗北は、軍事力の敗北であった以上に、私たちの若い文化力の敗退であった。私たちの文化が戦争に対して如何に無力であり、単なるあだ花に過ぎなかったかを、私たちは身を以て体験し痛感した。西洋近代文化の摂取にとって、明治以後八十年の歳月は決して短かすぎたとは言えない。にもかかわらず、近代文化の伝統を確立し、自由な批判と柔軟な良識に富む文化層として自らを形成することに私たちは失敗して来た。そしてこれは、各層への文化の普及滲透を任務とする出版人の責任でもあった。

一九四五年以来、私たちは再び振出しに戻り、第一歩から踏み出すことを余儀なくされた。これは大きな不幸ではあるが、反面、これまでの混沌・未熟・歪曲の中にあった我が国の文化に秩序と確たる基礎を齎らすためには絶好の機会でもある。角川書店は、このような祖国の文化的危機にあたり、微力をも顧みず再建の礎石たるべき抱負と決意とをもって出発したが、ここに創立以来の念願を果すべく角川文庫を発刊する。これまで刊行されたあらゆる全集叢書文庫類の長所と短所とを検討し、古今東西の不朽の典籍を、良心的編集のもとに、廉価に、そして書架にふさわしい美本として、多くのひとびとに提供しようとする。しかし私たちは徒らに百科全書的な知識のジレッタントを作ることを目的とせず、あくまで祖国の文化に秩序と再建への道を示し、この文庫を角川書店の栄ある事業として、今後永久に継続発展せしめ、学芸と教養との殿堂として大成せんことを期したい。多くの読書子の愛情ある忠言と支持とによって、この希望と抱負とを完遂せしめられんことを願う。

一九四九年五月三日

WEB発、
サラリーマン×JKの
同居ラブコメディ。
しめさば
イラスト／ぶーた
ひげを剃る。
そして女子高生を
拾う。
5年片想いした相手にバッサリ振られた冴えないサラリーマンの吉田。ヤケ酒の帰り道、路上に蹲る女子高生を見つけて——「ヤらせてあげるから泊めて」家出女子高生と、2人きり。秘密の同居生活が始まる。
好評
発売中！

スニーカー文庫

Милашка❤
時々ボソッとロシア語でデレる隣のアーリャさん
story by sun sun sun
Illustration by momoco
燦々SUN
イラストももこ
ただし、彼女は俺が
ロシア語わかる
ことを知らない。
特設サイトは▼こちら!▼
スニーカー文庫

お見合いしたくなかったので、無理難題な条件をつけたら同級生が来た件について

桜木桜
イラスト
clear
story by sakuragisakura
illustration by clear

わたしと嘘の“婚約”をしませんか？

嘘から始まるピュアラブコメ、開幕。

お見合い話を持ってくる祖父に無理難題をつきつけた高校生・高瀬川由弦。数日後、お見合いの場にいたのは同級生の雪城愛理沙!? お見合い話にうんざりしていた二人は、お互いのために、嘘の『婚約』を交わすことになるのだが……。

スニーカー文庫

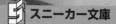

全てのおっぱいフレンズに捧ぐ――
理想のバカップルラブコメ!!
『おっぱい揉みたい』
って叫んだら、
妹の友達と付き合う
ことになりました。
凪木エコ
イラスト 白クマシェイク
story by eko nagiki
Illustration by sirokuma shake
特設サイトは▼コチラ!▼
「おっぱい揉みたい!」俺の魂の叫びに答えたのは天使のような女の子、未仔ちゃんだった。「お、おっぱい揉ませたら、私と付き合ってくれますか……?」甘々でイチャイチャな理想の毎日。彼女がいるって素晴らしい!
スニーカー文庫

岸馬きらく
イラスト／黒なまこ・キャラクター原案・漫画／らたん
飛び降りようとしている
女子高生を助けたら
どうなるのか？
失意の底に落ちた少女との、
幸せな同居生活が
はじまる——
特設サイトはこちら!
スニーカー文庫

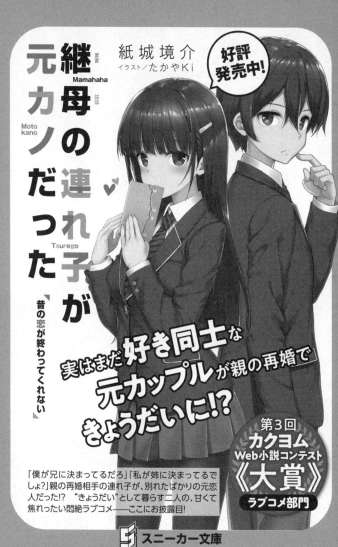

第28回
スニーカー大賞
作品募集中!
君の紡ぐ物語で
世界を変えよう。
大賞 300万円
+コミカライズ確約
金賞 100万円
銀賞 50万円
特別賞 10万円
締切必達!
前期締切
2022年3月末日
後期締切
2022年9月末日
詳細は・
ザスニWEBへ
https://kdq.jp/s-award
イラスト／左